Amor y PERDÓN

Susana Quero de Tosini

Quero de Tosini, Susana

Amor y perdón / Susana Quero de Tosini. - 1a ed. - Córdoba :
Ediciones Bara , 2021.

158 p. ; 20 x 14 cm.

ISBN 978-987-47405-6-4

1. Narrativa Argentina. 2. Literatura Juvenil. 3. Novelas Testimoniales.
I. Título.

CDD A863.9283

Diseño de tapa: ***Natali Cossutta***

Fotografía de TAPA: iStock.com/gorodenkoff

Fondo CONTRATAPA: Freepik.com

Ediciones BARÁ

- Corrección literaria
- Diseño de interior
- Amazon

+ 54 9 351 557 6318
ediciones bara@gmail.com

Contenido

Dedicatoria

Dedico este libro a un grupo de mujeres que, trabajando unidas con el único propósito de colaborar en la obra del Señor, formamos lo que se llamó EMUNA, una palabra hebrea que nos identificaba por su significado: fe auténtica o completa en el Señor, poniéndolo siempre en primer lugar en todo lo que hicimos.

No quiero nombrar a ninguna de las integrantes del grupo, por temor a olvidarme de alguna.

¡Gracias hermosas y fieles mujeres!

¡El Señor recompense su obra de amor!

Prólogo de la autora

Este libro que pongo en sus manos es una novela, por lo tanto, quiero aclarar que no es una historia real, como otros que he escrito.

He sentido el deseo de narrarla tras escuchar en retiros a los que asistí como oradora, el relato de mujeres cristianas dolidas por situaciones que tuvieron que pasar por confiar en creyentes, o mejor dicho, falsos creyentes, que las engañaron amparados en su "puesto", por decirlo de alguna manera, como pastores, ancianos, diáconos, o bien hijos o hermanos de alguien con influencia en la congregación.

Se cumple lo que el apóstol Pablo dijo a los hermanos de Éfeso en su despedida: "Porque yo sé que después de mi partida entrarán en medio de vosotros lobos rapaces que no perdonarán al rebaño.(…)".

"Y de vosotros mismos se levantarán hombres que hablen

cosas perversas para arrastrar tras sí a los discípulos" (Hechos 20:28 y 30).

Si en el tiempo del apóstol, él tuvo que advertir a la iglesia que vendrían "lobos rapaces que no iban a perdonar al rebaño" y hombres inescrupulosos que "arrastrarían" a los discípulos. ¡Cuánto más tenemos que pensar que esto mismo, o cosas peores, están sucediendo en nuestros días!

Por supuesto, los casos relatados en este libro no son exactamente los mismos que me contaron, ni tampoco son los nombres reales de esas mujeres; pero, aunque cueste creerlo, son hechos que suceden en algunas congregaciones en este momento.

Algunos, como mi caso en particular, nos asombramos al escuchar esas historias y nos parece increíble que en un ambiente donde la Palabra del Señor es el centro, pueda haber personas que no tengan ningún temor de cometer actos tan indignos.

Creo, firmemente que son "infiltrados", que amparados en la buena reputación de algún pariente, conocido, o también a veces, con engaño y palabras persuasivas, llegan a ocupar posiciones de importancia dentro de alguna iglesia que aprovechan para sus propósitos.

Estuve mucho tiempo meditando en esto y me negaba a escribir una historia como esta. Pero debido a una conversación, o más bien, "confesión", de una muchacha que llegó a pedirme consejo de lo que debía hacer ante la situación por lo que había pasado, sentí la necesidad de escribir esta novela como advertencia, o como "voz de alerta", para aquellos que puedan ser engañados por este tipo de personas.

El Señor aclaró muy bien que "por sus frutos", conocemos

si una persona es realmente un hijo de Dios o un engañador. Debemos orar "sin cesar" para ser librados de tanta maldad.

Hay algunos casos que, como me sucedió a mí, nos parece que no pueden ser reales, pero desgraciadamente lo son. Me enteré de un anciano de una iglesia que atrapado por la pornografía había engañado a varias jovencitas de su congregación y de algunas iglesias vecinas.

Desgraciadamente, los medios de comunicación actuales, pueden ser de gran bendición, pero también de perdición a los que se dejan atrapar por este tipo de programas o películas que despiertan deseos carnales que, una vez instalados en su mente, difícilmente no lleguen a ejecutarse. Lo dice bien claramente Santiago en el capítulo uno de su carta.

Ante todo, quiero que los lectores no piensen que les está escribiendo una mujer "santa" que nunca cometió pecado. Eso es imposible mientras estemos en este mundo. Pero doy gracias infinitas y alabo al Señor por haber nacido en un hogar cristiano, haberme casado también con un creyente y tener el gozo de ver a mis hijos, nietos y aún bisnietas (aunque en este momento son muy chiquitas) que no solamente siguen al Señor, sino que también están involucrados en ministerios y actividades dentro de sus respectivas iglesias.

Hace dos años, cuando me entrevistaron en un programa de televisión de una emisora evangélica, me preguntaron qué podía decir, a mi edad, de lo que Señor había hecho en mi vida. Sinceramente contesté lo que escribí en el párrafo anterior. Desgraciadamente, no todos los padres pueden decir lo mismo. Yo alabo y bendigo al Señor por su fidelidad infinita, reconociendo que, en su soberanía, sin ningún mérito personal, me da esta alegría y satisfacción a esta altura de mi vida.

Dejo esta historia en sus manos, deseando de todo corazón, que no solo sirva para entretener, sino también para reflexionar cómo está nuestra vida cristiana y también cómo influimos con nuestros actos a las personas a nuestro alrededor.

Vuestra sierva:

Susana Quero de Tosini

Capítulo 1:

Una triste historia

Santiago, un muchacho de quince años, está terminando de cortar el césped del jardín cuando aparece la dueña de casa con un refresco:

—Te traigo esto para que te repongas un poco del calor de esta tarde —le dice, alcanzándole el vaso—. También te preparé un sándwich. Seguramente tendrás hambre porque hace más de cuatro horas que estás trabajando.

El muchacho recibe las cosas y sonríe apenas:

—Ya estoy terminando, doña Norma.

—Ya te dije que no hace falta que hagas todo el trabajo hoy.

—Es que mañana tengo que ir a otra casa para arreglar el jardín.

—Bueno. Pero lo mismo no te apures porque nadie se va a morir si el césped no se corta.

Santiago come lo que le ha traído la mujer y le devuelve el plato vacío.

—Muchas gracias, señora —y sin decir nada más vuelve a su trabajo.

—Avísame cuando te vayas —dice Norma al retirarse mirando de reojo al muchacho.

Él asiente con la cabeza y enciende nuevamente la máquina para seguir cortando el césped.

Pasan unos minutos y llega Fabián, el hijo de la dueña de casa. Madre e hijo son los únicos que viven allí.

Al pasar al lado de Santiago, lo saluda con la mano en alto, al darse cuenta que el joven no lo escucha por el ruido de la máquina.

El aludido contesta con una inclinación de cabeza.

Fabián entra en la casa y va a saludar a su madre que está mirando por la ventana hacia el jardín. Le da un beso en la mejilla y se dirige a la heladera.

—¡Pobre Santiago! —exclama Norma en un suspiro— Desde las dos de la tarde que está trabajando sin descansar ni un minuto.

El hijo, bebiendo un refresco, viene hasta donde está su madre.

—Es su trabajo mamá.

—Sí. Pero hay algo en ese muchacho que me causa tristeza. No habla. Trabaja incansablemente y tiene una mirada esquiva.

—¡Ay, madre! Tú siempre con la compasión a flor de piel —le reprocha el hijo sonriendo y moviendo la cabeza de uno a otro lado—. Seguro que dentro de poco te la vas a ingeniar para buscarle otro trabajo…

Norma se da vuelta, contagiada por la risa de su hijo:

–¿Y eso está mal? –le pregunta picarescamente.

–Por supuesto que no. ¡Pero no puedes salvar al mundo!

–Eso ya lo hizo Cristo –bromea, dirigiéndose a la cocina.

Al rato, se escuchan pequeños golpes en la puerta.

–¡Seguramente es Santiago! Dale el dinero que dejé sobre la mesa –Norma levanta un poco la voz para que escuche su hijo que se encuentra en el escritorio.

Fabián alza el dinero que dejó su madre y se da cuenta que es mucho más de lo que debe costar el trabajo que hizo el joven. Sonríe y abre la puerta.

–La señora me dijo que viniera –le dice el Santiago tímidamente con el rostro sudoroso.

–Aquí tienes tu paga, muchacho –le dice el hijo alcanzándole el dinero.

El aludido, recibe el importe que le alcanza Fabián y, sin contarlo, lo guarda en un bolsillo. Se retira, haciendo una pequeña reverencia.

Cuando ya se dispone a salir, escucha que Fabián lo llama.

–Santiago, ¿podrás venir mañana a lavar mi coche?

–Mañana no puedo, señor. Me comprometí a limpiar otro jardín –le dice tímidamente–. Pero si no tiene mucho apuro pasado mañana vengo.

–Está bien. Nadie se va a morir por ver sucio mi auto un día más.

Mientras camina hacia su hogar, Santiago va sonriendo. "Fabián dijo la misma frase que antes me dijo la señora

Norma. ¡No van a negar que son madre e hijo!".

Mientras tanto, en la casa, ambos moradores se ríen ante la broma de la progenitora:

–¿No era yo la que le iba a buscar otro trabajo al muchacho?

–Bueno… Mejor es que lo laven aquí y no en el lavadero –toma de la cintura a su madre y comienza a caminar hacia los dormitorios–. Así no tengo que sacarle todo para que no me roben.

Norma, después de despedirse de su hijo, mientras camina hacia su alcoba, piensa divertida: "Siempre me reprocha mi compasión y él es más generoso que yo".

A los dos días, cuando Santiago golpea la puerta de la casa de los Bermúdez, sale Norma a recibirlo:

–¡Hola muchacho! Te estaba esperando. Fabián fue al trabajo en colectivo para dejarte el auto que le prometiste lavar. Está en la puerta del garaje.

El joven se dirige hacia el lugar indicado, cuando Norma lo llama:

–Espera un momento –le dice preocupada–. No tienes buena cara hoy, ¿te pasa algo?

Franco se vuelve y, sin levantar la vista, responde:

–Tenemos problemas en mi casa… –sin explicar más gira y sigue caminando.

La mujer no queda conforme y se llega hasta él. Lo toma suavemente del brazo y le pregunta demostrando verdadero interés:

–¿No quieres contarme lo que pasa? –al ver la indecisión

del muchacho continúa– Vamos a casa…

Santiago se deja conducir dócilmente.

Al llegar y ubicarse en un sillón, Norma pregunta.

–¿Qué te está pasando?

El joven, mirando al suelo, contesta tímidamente:

–Es una historia muy larga… –sus ojos se llenan de lágrimas.

A Norma se le parte el corazón al ver la tristeza que refleja el rostro del muchacho.

–Te va a hacer bien descargar la angustia que estás guardando.

Santiago refriega sus manos transpiradas sin decidirse a hablar.

–Si no quieres contarme, está bien. Pero, si puedo, quiero ayudarte.

–Nadie nos puede ayudar en este momento, y menos usted, señora –le dice con mucho respeto.

–Por el momento, estoy dispuesta a escucharte. Después decidimos si puedo ayudarte o no…

Santiago levanta la mirada. Las lágrimas caen por su rostro.

–No sé ni cómo empezar –se disculpa–. Es una historia triste.

Norma lo anima:

–Tengo toda la tarde.

Después de unos minutos de indecisión comienza su relato.

–Hace seis años murió mi madre –su voz suena entrecortada–. Tenía cáncer. Mi papá hizo todo lo que pudo para salvarla, pero ya era tarde… Después que ella falleció, mi padre cambió totalmente su carácter. Se puso agresivo. No podíamos hablarle. Comenzó a beber y, como consecuencia, faltaba mucho a su trabajo, hasta que lo echaron… –se detiene, secándose las lágrimas con la manga de su rotosa camisa. Se repone un poco y continúa–. Al poco tiempo, le dio un infarto y también falleció… Cuando quedamos solos con mis hermanas, tuvimos que buscar trabajo para subsistir. Silvia, mi hermana mayor, dejó la universidad y comenzó a coser y tejer. Karina consiguió un trabajo de dependiente en una panadería y yo… –mira a los ojos a su interlocutora–. Ya sabe lo que hago…

Norma sostiene su mano dulcemente.

–Es muy triste lo que me cuentas…

–Pero eso no es todo, señora –perdiendo su timidez continúa–. Todo iba más o menos bien. Es decir, nos arreglábamos, hasta que mi hermana quedó embarazada… cuando nació su hijo se complicaron las cosas… No es por la criatura –aclara inmediatamente–. Marquitos es un amor, pero mi hermana tuvo que dejar de trabajar para cuidarlo… Lo que ganábamos no alcanzaba para cubrir los gastos. Teníamos otra boca que alimentar y las cosas de bebé cuestan mucho… –se detiene sin decidirse a seguir su relato.

Norma acaricia la espalda del muchacho y lo anima a continuar. Advierte que lo que escuchó hasta entonces, no es todo el problema.

–Mi hermana Karina consiguió otro trabajo de noche. No sé bien qué era –se encoge de hombros–, pero ganaba más que antes, y eso ayudaba. Al poco tiempo, volvía a la madrugada y no muy bien. Silvia la encerraba en su habitación y la reprendía. Yo escuchaba cuando discutían, pero no distinguía las palabras. Una mañana, Karina no regresó. Esperamos un rato y Silvia salió a buscarla. Yo falté al colegio ese día para cuidar a Marquitos… El tiempo pasaba y mis hermanas no volvían. Ese rato se me hizo interminable. A las cinco de la tarde, más o menos, volvió Silvia, llorando, a buscar ropa. No me explicó lo que pasaba. Solamente me pidió que cuidara otro rato a mi sobrino que, para ese entonces, tenía dos años. Cuando Silvia volvió, me contó que Karina estaba internada, sin conocimiento. Le pregunté qué le había pasado y me dijo que al otro día iba a hablar con el médico que la había atendido porque nadie sabía explicarle –Santiago se detiene, y entre suspiros y sollozos, continúa–. Al otro día Silvia fue al hospital y cuando volvió me dijo que no sabía bien qué le había pasado –mira a Norma–. Yo me di cuenta que sí sabía, pero no me lo quería decir… No sé si por mi edad, o porque es algo vergonzoso. No sé el motivo… –se encoge de hombros.

Norma se compadece.

–A veces es mejor no enterarse de las cosas –le dice acariciándole el brazo.

Santiago la mira entre lágrimas:

–Desde que Karina está internada nosotros hemos luchado para salir adelante, pero…

–Pero, ¿qué?

–Las deudas se fueron acumulando y el lunes pasado llegó una intimación del Banco. ¡Tenemos que desocupar la casa!

–Y ¿por qué? –Norma está en el colmo de su asombro.

—Mi papá pidió un préstamo, poniendo la vivienda como garantía… Calculamos que para pagar el tratamiento de mamá. Mi hermana fue varias veces a pedir prórroga al Banco, pero ya se vencieron todos los plazos y ahora tenemos que dejar la casa.

—Y, ¿dónde van a ir?

Santiago se encoge de hombros y se cubre el rostro con las manos:

—No sé… no sé… —llora desconsolado. Reponiéndose un poco, agrega—. Una vecina nos presta su garaje para guardar los muebles.

—¿Y ustedes? ¿Tienen algún pariente o amigo que los reciba en su casa?

Santiago niega con la cabeza y no puede hablar más por el llanto.

Norma se encuentra tan desconcertada que no encuentra las palabras que puedan consolarlo.

Quedan en silencio un momento. La mujer contagiada de la tristeza del muchacho, traga saliva para ahogar el llanto que tiene a flor de piel, pero no puede evitar que sus ojos se llenen de lágrimas. Sigue acariciando al chico un rato y luego, instintivamente, lo abraza. Santiago, al ver el cariño que le demuestra Norma, corresponde al abrazo y llora en su hombro.

Un poco más calmado continúa:

—El problema mayor es Marquitos. Nosotros con Silvia de alguna manera podemos arreglarnos, pero él, con apenas dos años, depende completamente de nosotros —se detiene y separándose un poco, seca sus ojos con la manga de su camisa y agrega–. Voy a lavar el auto del señor, así puedo ir para ayudar a mi hermana a trasladar las cosas.

Se levanta decidido y se retira hacia el garaje.

Norma se encuentra tan confundida ante el relato que acaba de oír que no reacciona. Se queda sentada un buen rato y se levanta lentamente. Su cabeza es un torbellino de pensamientos. Desea ayudar a los hermanos, pero no se le ocurre nada. "Podrían venir unos días aquí, pero no tengo comodidades. Marquitos es chiquito todavía y… –mueve la cabeza, desconcertada–. Cuando venga Fabián quizás pueda encontrar alguna solución. ¡Esos chicos no pueden quedar en la calle!".

En ese momento, su hijo abre la puerta de entrada, saludando. Norma corre a sus brazos y suelta el llanto. Fabián, sin entender lo que pasa, pregunta asustado:

–¿Qué pasa mamá? ¡Por favor! –la toma de los hombros y la separa mirándola fijamente– ¿Qué te ha pasado?

–A mí nada… No te asustes… –explica la madre sin dejar de llorar.

Fabián la lleva hasta el sillón. La abraza fuerte y acaricia su espalda tratando de calmarla. Cuando comprueba que el llanto ha disminuido, la separa un poco y pregunta intrigado:

–¿Me vas a decir qué te pasó?

–Ya te dije que a mí no me pasa nada. Es Santiago y su hermana…

El hijo la mira desconcertado:

–¿Qué tienen que ver esos chicos?

En pocos minutos, Norma relata la situación de los

hermanos. Olvida muchos detalles, pero a Fabián no le hace falta más para darse cuenta que la situación es alarmante. Madre e hijo quedan en silencio. Cada uno con sus propios pensamientos. La mente de ambos trabaja buscando una solución.

–Voy a hablar con Santiago –dice el joven decidido. Se levanta y se dirige al garaje.

–Muchacho, quiero hablar contigo… –le dice al llegar.

Santiago, en ese momento está puliendo una puerta del coche con una franela. Se detiene y se vuelve:

–Ya casi está listo, señor…

–No vengo a eso –lo interrumpe Fabián–. Mamá me contó la situación de ustedes.

El jovencito baja la vista avergonzado.

–Yo no quise preocupar a doña Norma, pero ella insistió tanto que…

–¡Por favor, Santiago! –lo interrumpe– No te estoy reprochando nada. Solamente quiero preguntarte cómo te podemos ayudar.

El muchachito se encoge de hombros. Sus ojos vuelven a llenarse de lágrimas.

–No lo sé, señor…

Fabián se pasea a grandes pasos con los brazos cruzados en el pecho y su cabeza gacha. Viene decidido hasta el vehículo, abre la puerta y le dice con voz autoritaria:

–Sube. Vamos a tu casa.

–Todavía no terminé de pulir…

–Eso es lo de menos –empuja suavemente al muchacho, quien se ubica en el asiento del acompañante, mientras él se sienta al volante y arranca el auto.

Santiago lo guía hasta su casa. Al llegar, alcanza a ver a Silvia que arrastra un mueble con dificultad. Fabián baja de un salto y va a ayudarla.

–Déjeme a mí –le dice empujando el mueble– ¿Dónde hay que llevarlo?

Silvia lo mira asustada.

–¿Quién es usted?

En ese momento Santiago se acerca y aclara las dudas de la joven:

–Es Fabián, el hijo de la señora Norma.

Silvia tiene el rostro sudoroso y los ojos hinchados de tanto llorar. Alza a Marquitos que ha esperado sentado en el suelo y lo acuna, mientras observa a su hermano que, ayudando a empujar, guía al recién llegado hasta el garaje vecino. Cuando acomodan el mueble, los hombres vienen hasta ella.

–Se ha ensuciado el saco, señor… –dice Silvia todavía ensimismada.

Fabián sacude un poco la prenda.

–Eso no importa. Después lo llevo a la tintorería –mira insistentemente a uno y otro hermano–. Necesito que me expliquen bien el problema.

Silvia mira a su hermano interrogándolo sin palabras.

–Perdoname… –se disculpa el jovencito–, pero la señora Norma insistió y le conté nuestro problema.

–Eso ahora es lo de menos –lo interrumpe Fabián–, quiero saber exactamente la situación.

Se dirigen al interior de la vivienda. Santiago comienza el relato. Cuando se le corta la voz por el llanto, continúa Silvia. Sintéticamente lo ponen al tanto de todo lo sucedido.

Cuando concluyen su relato, Fabián levanta la mirada y encuentra cuatro ojos que lo miran expectantes.

–No sé qué decirles –confiesa confundido–. Pero ya pensaré en alguna solución –se levanta decidido y saluda al retirarse.

Capítulo 2

La solución después de la tormenta

Fabián llega a su hogar, pensativo y desalineado. Su madre lo ha esperado ansiosamente.

–¿Pudiste hablar con los hermanos?

–Sí, mamá… Pero por más que pienso y pienso, no encuentro solución.

Norma viene y lo abraza llorando.

–Yo tampoco, hijo. No sé qué podríamos hacer…

El joven la cubre con sus brazos. Le acaricia la espalda hasta que consigue que su madre se calme. La separa un poco y mirándola a los ojos, le dice, con voz segura:

–No sé lo que podemos hacer, pero sabes que hay Alguien que vela por nosotros y seguramente nos ayudará.

Ella asiente con su cabeza y se dirige a la cocina. Sirve la comida y cenan en silencio.

Fabián se retira a su habitación mientras Norma termina de lavar y acomodar la vajilla.

Ni bien llega a su dormitorio, el joven cae de rodillas al lado de la cama.

–Señor. ¡Oh Señor! Tú eres el único que puede intervenir… Indícame el camino que debo seguir… Humanamente no encuentro solución, pero Tú eres Soberano y tienes el control de todo. Por favor, Señor, apiádate de esos hermanos. ¡No pueden quedar en la calle! –no puede controlar sus sentimientos y llora su impotencia. Poco a poco se va calmando– Confío en Ti, Señor –y no muy convencido termina su oración–. Por favor, aumenta mi fe. En el nombre de tu Hijo Jesucristo. Amén.

Se levanta muy despacio. Seca sus lágrimas, se desviste lentamente y abriendo las sábanas, se acuesta con las manos en la nuca mirando el techo a oscuras.

Norma, al terminar sus tareas, hace lo propio. Igual que su hijo, antes de acostarse, derrama su corazón ante el Señor.

Ninguno de los dos puede conciliar el sueño. Sus mentes trabajan incansablemente pensando alguna posibilidad de ayudar a estos pobres jóvenes.

Pasada la media noche, Fabián salta de la cama y va al dormitorio de su madre.

Golpea despacio y penetra en la habitación a oscuras. Norma enciende el velador.

–¿Qué sucede, hijo?

–Se me acaba de ocurrir una idea, mamá –toma de los

hombros a su madre que se ha sentado en la cama–. ¡El depósito, mamá! ¡El depósito!

Norma lo mira, sin terminar de entender:

–¿Por qué dices el depósito? ¿Qué tiene que ver?

Fabián la mira sonriente.

–¿Recuerdas que el depósito de atrás era antes la "casita de visitas"?

–Sí… así le decía yo… Pero, ¿por qué te acuerdas de eso ahora?

–El depósito es una casita con baño, mesada… –piensa un momento–. Ahora no tiene cocina, pero podemos conseguir.

De repente, Norma comprende la sugerencia de su hijo.

–¡Podríamos arreglarlo…! –se detiene indecisa– Pero está lleno de cachivaches…

–Eso es lo de menos, mamá. Hace mucho que no voy, pero no creo que sirva algo de lo que hay ahí.

–Habrá que limpiarlo y…

–¡Después veremos! –la interrumpe Fabián– Mañana lo resolvemos, por ahora, trata de descansar.

Se despide con un beso y sale tarareando una canción.

Al otro día, desayunan muy temprano. Sus estados de ánimo han cambiado completamente.

–Tú llama a Santiago y dile que no saquen más cosas… Yo voy a buscar un camión de mudanza.

Sin esperar respuesta sube al auto y sale derrapando.

–¡Maneja con cuidado! –le alcanza a decir su madre parada

en la puerta. Fabián levanta el dedo y la saluda con el brazo en alto.

Norma arregla un poco la cocina y se dirige al depósito. Al abrir la puerta, debe taparse la nariz ante el olor nauseabundo que sale del interior. Enciende una luz y abre las puertas y ventanas para ventilar el ambiente. Queda parada mirando el desorden y la tierra acumulada en cada objeto.

–¿Por dónde empiezo? –se pregunta tratando de abrirse paso entre las cosas desparramadas en el piso. Sin pensarlo más comienza a sacar los objetos al patio despejando el ambiente. Trabaja incesantemente. A media mañana ha logrado acomodar un poco el ambiente. "Falta mucho", piensa. "Pero lo vamos a lograr".

Mientras tanto, los hermanos, se encuentran sentados en un sillón de la entrada. Entretanto Marquitos, en la falda de la muchacha, juega con un osito de peluche.

–¿Qué te dijo exactamente la señora? –pregunta intrigada Silvia.

–Que no siguiéramos sacando las cosas… Que ya iba a venir su hijo…

–¿Nada más? ¿Y no te explicó qué van a hacer… o qué tenemos que hacer nosotros?

–No, Silvia, pero la señora se escuchaba muy contenta –mira a su hermana sonriendo– No sé qué se le habrá ocurrido, pero confío en ella.

Al rato para frente a la casa un camión de mudanzas y Fabián salta del interior del vehículo:

–¿Habló mi mamá contigo, Santiago? –pregunta el recién llegado en voz alta.

–Sí… me dijo que usted iba a venir a buscarnos… –ambos hermanos se levantan y caminan a la vereda, donde Fabián está dando indicaciones a los ocupantes del camión:

–Saquen y acomoden lo que hay en la casa… –y señalando el garaje vecino agrega– En ese lugar también hay otros muebles…

A media tarde, habiendo cargado todas las cosas en el camión, Fabián, en su auto, con los hermanos y su sobrino, los va guiando hasta estacionar frente a su casa. Cuando descienden los empleados, el joven les indica el lugar donde deben bajar las cosas.

Norma ha salido a recibirlos. Abraza a los jóvenes y alza a Marquitos.

–Hola, mi amor –le dice dándole un beso–. ¡Por fin te conozco! ¡Qué hermoso que eres!

El niño le sonríe halagado y mira a Silvia como preguntándole qué debe hacer.

Ella le sonríe y aclara.

–Está asustado, señora –Marquitos, tímidamente, mira a su alrededor con ojos grandes–. Usted tiene una casa muy linda, agrega la muchacha.

–En seguida te voy a llevar a conocerla. Ahora tenemos que ayudar a acomodar las cosas –deposita el niño en el suelo con un beso y se dirige al lugar donde están los empleados bajando los muebles.

Su hijo viene hasta ella.

–Gracias, mamá. Te abrazaría pero estoy hecho un asco –le guiña un ojo y agrega–. Hiciste un buen trabajo.

–Todavía falta mucho –se disculpa la madre–. Pero al menos quedó habitable…

Después que bajan todos los muebles, Fabián paga la mudanza y los empleados se retiran.

–Vamos a casa a comer algo –invita Norma a los recién llegados–. No pude preparar nada especial porque estuve todo el día tratando de acomodar este lugar.

Silvia se llega hasta ella.

–No sé cómo agradecerle, señora… –mira a Fabián y agrega–. Ni a usted, señor…

Él le sonríe por respuesta.

–Vamos a comer algo… Y a sacarnos esta mugre que tenemos… Creo que vamos a tapar la cañería…

Los demás festejan la broma y se dirigen hacia la casa. Marquitos camina tomado de la mano de Norma. Ella se enternece al ver esa manito entre la suya. "Hace tanto tiempo que no veo mis nietos", piensa, feliz de tener un niño cerca.

La merienda-cena, transcurre entre bromas y risas. Silvia y Santiago intercambian sus miradas muchas veces. Ambos vuelven a sonreír después de mucho tiempo.

–Ustedes me van a perdonar –anuncia Fabián– pero yo me retiro. El baño me está esperando…

–Bueno hijo. Yo voy a buscar toallas para los chicos. Avisa cuando desocupes el baño, así se bañan ellos.

–Oh, no, señora –la interrumpe Silvia–. Nosotros nos higienizamos en la casita. Yo tengo toallas, jabón y todo lo necesario. No se moleste.

–Primero voy a comprobar si las cañerías están en condiciones –dice Norma, levantándose–. Hoy, cuando abrí la canilla de la cocina, salía el agua amarilla de herrumbre. Hace mucho que esa casa no se usa… –explica, caminando hacia la casita, seguida por los demás.

Efectivamente, Norma corrobora sus sospechas. Al abrir la ducha, el agua fluye igual que en la cocina.

–Tienen que dejar que salga el agua un buen rato para que se limpien las cañerías –explica–. Cuando ya se purifique pueden bañarse.

–No se preocupe, señora… –se disculpa Silvia.

Norma se para delante con ambas manos en la cintura.

–Por favor, jovencita. ¡Basta de señora! Me llamo Norma –y soltando una carcajada, agrega–. Soy bastante mayor, pero todavía no tengo canas –ríe nuevamente– porque me las tiño –les guiña un ojo y se retira.

Los hermanos se contagian de la broma, y ríen divertidos.

Capítulo 3

Canción infantil

Al otro día muy temprano, Silvia se levanta tratando de no despertar a Marquitos que ha dormido con ella en la misma cama. Cuando llega a la cocina, contempla admirada lo que hay sobre la mesa: pan, leche y otras cosas para desayunar. "Seguramente la señora Norma ya vino por acá", piensa con un sentimiento que le hace encoger el corazón y llenar sus ojos de lágrimas: "Realmente son maravillosos".

Al rato aparece Santiago refregándose los ojos:

–El olorcito a café me despertó –mira la mesa y pregunta asombrado–. ¿Cuándo compraste todo esto?

Silvia sonríe comprensiva ante el asombro de su hermano y explica:

–Yo no compré estas cosas. Cuando me levanté ya estaban aquí.

El joven sonríe.

–Seguramente fue la señora Norma…

–Es lo que calculo… –comenta mientras le alcanza una taza humeante de café con leche.

Santiago toma lo que le alcanza su hermana y exclama:

–¡Hace cuánto que no desayunamos así!

El rostro de Silvia se entristece pensando que su hermano tiene razón. Hace mucho tiempo que desayunaban apenas con té casi sin color porque usaban el saquito y lo ponían a secar para volverlo a usar. Y cuanto mucho con una rebanada de pan porque tenían que hacerlo alcanzar para todo el día.

Aparece Marquitos por la puerta del dormitorio y al ver todo lo que hay en la mesa viene corriendo y se trepa a una silla. Da pequeños saltos de alegría y la joven le alcanza una taza observando con qué gusto "devora" la factura.

En ese momento, aparecen en la puerta de entrada los dueños de casa.

–Vimos luz y calculamos que ya estaban despiertos –comenta Norma.

Marquitos le muestra la factura que está comiendo.

Silvia se llega hasta Norma y le dice, emocionada:

–Gracias, señora…

–Creo que anoche quedó claro lo de "señora". ¿Veo que ya lo olvidaste?

–Oh no, seño… doña Norma, pero me va a costar llamarla así.

–¡Vamos de mal en peor! –exclama la mujer en tono de broma– Pasaste de "señora" a "doña" que me hace más vieja todavía… –se oye una carcajada–. Pero quiero aclararte que estas cosas no las compré yo, sino mi hijo, esta mañana.

Silvia mira a Fabián, pero no le puede agradecer porque en ese momento, el joven está conversando animadamente con Marquitos, mientras le hace cosquillas en las costillas. El niño se retuerce divertido entre risas. Se siente emocionada al ver nuevamente felicidad en los ojos del mocoso como hace mucho tiempo no tenía.

Norma, para disimular los sentimientos que advierte en la joven, comenta:

–Tendremos que seguir acomodando y limpiando este lugar –mira a su alrededor–. Hay que arreglar esa humedad de la pared para pintarla nuevamente…

–Por eso no se preocupe señora Norma –Santiago se levanta y va hasta ella– yo puedo arreglar la humedad y lo que haga falta, mi papá era albañil y me enseñó cómo hacerlo.

–¡Es fantástico! –exclama Fabián– Yo iba a buscar a alguien… Pero si tú lo puedes hacerlo, dime lo que tengo que comprar. Ahora mismo voy a la ferretería y te lo traigo.

Santiago va recorriendo hacia el lugar y le señala las reparaciones que hacen falta, a la vez que le dicta los materiales que necesita. Fabián toma nota de lo que le va diciendo y al rato sale saludando.

–Voy hasta el centro a comprar las cosas –y volviéndose a su madre agrega–. ¿Necesitas que te traiga algo, mamá? Así aprovecho el viaje.

–Creo que por el momento tengo lo necesario para el almuerzo. A la tarde me llego y compro lo que haga falta.

Fabián desaparece y cuando Norma ve acercarse a Silvia, la detiene:

–No quiero más agradecimiento, por favor. Seguro que me vuelves a llamar "señora" o "doña" y me voy a enojar –bromea para disimular su emoción.

Silvia se vuelve y comienza a levantar las cosas llevándolas a la pileta de la mesada. Cuando observa que Norma ha empezado a limpiar y acomodar la habitación, se vuelve rápidamente:

–¡Oh, no! ¡Por favor! –eso lo puedo hacer yo.

–Ya sé. Pero quiero ayudarte. Hay mucho que hacer todavía –y sin darle importancia agrega–. Afuera hay un balde y otros elementos de limpieza, búscalos así seguimos con la tarea.

Silvia obedece en silencio y al salir ve a Marquitos jugando con las cosas que están desparramadas.

–No te ensucies –le ordena levantando la voz– porque no tengo otra ropa para ponerte.

El niño asiente y sigue jugando. La joven recoge las cosas que le indicó Norma y ambas continúan con la tarea de acomodar y limpiar el lugar.

Al rato regresa Fabián con los materiales que le indicara Santiago y ambos se abocan a la tarea de rellenar agujeros, grietas, y parte del deterioro de la vivienda.

A mediodía almuerzan en la "casa grande", como la llaman ahora y continúan la faena que comenzaron. Cuando ya está anocheciendo, sin proponérselo, todos salen al exterior y observan el lugar desde cierta distancia.

–Esto parece otra cosa –comenta Fabián con el brazo en los hombros de su madre.

Ella suspira y sonríe por respuesta.

Silvia carga en un brazo a Marquitos y con el otro abraza a su hermano. "Pensar que no sabíamos qué iba a ser de nuestras vidas y ahora, no solo tenemos donde vivir, sino que también conocimos a esta gente maravillosa". Desvía la mirada hacia ellos y luego cierra sus ojos: "Gracias Señor, gracias".

Ya de noche cada cual se retira a descansar. ¡Ha sido un día agotador!

Cuando Norma y su hijo se dirigen a sus dormitorios, Fabián se detiene.

—¿Dónde dormirá Marquitos? No he visto ninguna cuna… Y en la habitación de Silvia hay una sola cama… —reflexiona pensativo.

La madre lo mira extrañada.

—Duerme en la cama con su madre.

—Pero Marquitos ya no es un bebé, mamá. Silvia no puede descansar debidamente.

Norma lo mira, sin terminar de entender qué piensa su hijo en ese momento.

—Le tendremos que buscar una cunita. Quizás alguna veci… —no termina la frase y sale corriendo—. Ya vuelvo. Voy a buscar algo que había olvidado…

Al rato abre la puerta y se escucha un objeto que choca en los dinteles. Norma se asoma y ve a su hijo que avanza sosteniendo una cunita.

—¿Y eso…?

Fabián, con una sonrisa de oreja a oreja, le pregunta:

—¿No la reconoces?

Norma se llega y observa el mueble detenidamente.

–¡Es tu cuna! –exclama– ¿De dónde la sacaste?

–Después te explico, ahora vamos a llevársela a Silvia.

La madre sigue a su hijo hasta la nueva vivienda de los hermanos y golpea suavemente la puerta.

Silvia atiende y queda parada sin palabras.

–Traemos esto para Marquitos… –explica Fabián, mientras se dirige al dormitorio.

–Es la cuna donde dormía él de bebé –explica Norma confundida–. No sé de dónde la sacó…

El hijo vuelve donde están las mujeres y al ver la confusión en sus rostros explica:

–Hace tiempo que se la llevé al carpintero para que la arregle, tenía algunos barrotes rotos y la parrilla con maderas astilladas –al comprobar la mirada de asombro que intercambian los allí reunidos explica–. Un día vine a buscar un alicate, vi mi cuna y me entró añoranza de mi niñez –se encoge de hombros–. Aunque pasen los años, hay recuerdos que no se olvidan.

Sin proponérselo todos se dirigen al dormitorio.

–¡Está como nueva! –exclama Norma– La pintaron del mismo color… ¡Y hasta tiene la calcomanía del bebé llorando! –mira detenidamente la cuna y luego a su hijo– ¡Qué lindo que la hayas rescatado! –luego observa a Marquitos que se trepa por los barrotes y agrega– ¡Y ahora tiene un nuevo dueño!

El mocoso sacude la cuna gritando de alegría.

De pronto, Fabián sale corriendo del lugar. Norma sonríe

calculando lo que ha ido a buscar su hijo.

Silvia desprende al niño que se aferra a la cuna. Para él es un juguete que no quiere perder.

–La vas a romper antes de usarla –lo reprende entre risas mirando las muecas en su carita.

Al girar hacia la puerta, ve a Fabián que entra cargando un envoltorio.

–Ya calculaba que ibas a buscar eso –Norma se llega y comienza a rasgar el nylon que envuelve el paquete que trajo su hijo–. Nunca quise deshacerme de él. Me traía hermosos recuerdos –explica mientras continúa su tarea. Cuando termina, aparece un colchoncito. La mujer observa las costuras de uno y otro lado–. Pensé que estaría deteriorado, pero se conserva muy bien… –se encoge de hombros y agrega–. Las cosas que hacían antes eran eternas…

–No delates mi edad, mamá –la reprende Fabián, riendo, mientras coloca el colchoncito en su lugar–. ¡Cabe perfecto! –exclama riendo y volviéndose a su madre le pregunta– ¿También guardaste las sabanitas?

–¡Oh, por favor! –interviene Silvia, bastante turbada por las circunstancias que está viviendo– Por ahora le pongo una sábana doblada, después le hago otras a medida. No se molesten más, por favor. Ya es demasiado… –no puede seguir porque se le quiebra la voz de la emoción. Abraza a Norma y la besa efusivamente–. ¡Gracias! ¡Gracias! –es lo único que alcanza a decir.

Mira a Fabián y comprueba que tiene lágrimas en sus ojos. Evidentemente también se ha emocionado.

–Y gracias a usted también –le dice sonrojándose.

Después de conversar entre bromas y risas, los dueños de casa se retiran.

Norma, luego de ordenar un poco la cocina, se dispone a dormir cuando escucha a través de la ventana una voz que canta: "Los niños son de Cristo, Él es su Salvador…" Corre al dormitorio de Fabián y lo trae de un brazo.

—Escucha —le dice acercando su oído a la ventana abierta.

Fabián, sin comprender lo que su madre le sugiere, la obedece y, para su sorpresa, escucha la voz femenina: "Joyas, joyas, joyas. Joyas del Salvador. Están en esta tierra, cual luz y dulce amor".

—¡Es la canción que me cantabas cuando era chico! —exclama el joven con asombro.

—Es un himno infantil —aclara Norma sonriendo—. Si canta esa canción quiere decir que Silvia es cristiana.

El corazón de Fabián comienza a latir más rápido.

—¡No puede ser! ¿Por qué lo ocultaron sabiendo que nosotros lo somos?

Norma se encoge de hombros.

—No lo sé, hijo. Mañana es domingo. La invitaremos que vaya a la iglesia con nosotros.

Cuando la voz femenina deja de escucharse, Fabián se despide y camina lentamente a su habitación. En su mente se entrecruzan distintos pensamientos que no alcanza a ordenar.

Al día siguiente, ya vestidos para ir a la iglesia, se llegan hasta la "casita chica". Norma golpea y sin esperar respuesta, abre la puerta sabiendo que no está cerrada con llave.

–Permiso. ¿Hay alguien en casa?

Aparece Silvia con Marquitos en pijama. El niño, al ver a Fabián, corre y se tira en sus brazos. Éste lo alza y le hace morisquetas que despiertan risas en el mocoso.

Norma se llega hasta Silvia.

–Anoche te escuchamos cantar una canción infantil…

–¡Oh, sí! Marquitos no se duerme antes que le cante esa canción –disculpándose añade–. No era mi intención despertarlos.

–¡Por favor, Silvia! Fue hermoso escucharte. Hace muchos años que no la oía –riendo, bromea–. Bueno. También hace muchos años que dejé de ser niña.

La joven ríe hasta que Norma le dice:

–Venimos a invitarte para que vayas a la iglesia con nosotros.

El rostro de Silvia se transforma.

–No… A la iglesia no… –su voz suena suplicante–. No me pida que vaya a la iglesia…

–No entiendo –se disculpa Norma desconcertada–. Creí que eras creyente…

La joven baja la vista avergonzada.

–Sí. Recibí a Cristo a los doce años…

–¿Y entonces?

Fabián, al darse cuenta de la incomodidad que le ha producido a Silvia esa invitación, interviene:

–Está bien. No te pongas mal… –mirando a su madre

añade–. Si Silvia no quiere ir, tendrá sus razones. Vamos –toma a su madre del brazo y se despide.

Ya en el auto camino a la iglesia, Norma comenta su desconcierto:

–¿Te diste cuenta lo mal que se puso Silvia cuando la invité?

–¡Por supuesto mamá! –Fabián sigue atento al volante– Y también me di cuenta lo incómoda que se puso cuando le nombraste la iglesia.

–¿Por qué habrá tenido esa reacción?

–No lo sé –reconoce el joven–. Pero debe tener sus razones –mirando de reojo a su madre añade– y no quiero que la incomodes. Cuando ella quiera nos contará.

Norma afirma:

–Está bien… Pero tú conoces mi curiosidad…

–Por eso mismo lo digo.

Sin más comentarios llegan a la iglesia.

Capítulo 4

El pasado que dejamos atrás

Pasan varios meses donde no suceden grandes novedades. Hasta que un día, cuando Santiago está podando unas plantas, aparece Fabián caminando a grandes pasos. Pasa al lado suyo y apenas lo saluda.

–¿Sucede algo malo? –pregunta el muchacho, extrañado ante esa actitud inusual en quien, a esta altura ya es su amigo y confidente.

–Se me descompuso nuevamente la computadora –explica Fabián disgustado–. Hace apenas un mes que la arregló el técnico… y justo dejó de andar cuando tengo que hacer unos presupuestos… –se dirige a su auto y, cuando está abriendo la portezuela, Santiago lo detiene.

–¿Por qué no le pides a Silvia que la vea? –le pregunta interesado– A lo mejor no hace falta que vayas al técnico.

–¿Tu hermana sabe algo de computación? –pregunta Fabián asombrado.

–Tiene tres años de universidad –responde el joven–. Tuvo que dejar cuando nació Marquitos…

–¡Sería grandioso si la puede arreglar! –exclama Fabián aliviado– A veces no encuentro al técnico y otros están ocupados, –toma del brazo a Santiago y caminan hacia la "casita".

Cuando llegan, buscan a la muchacha en la casa y al no encontrarla, Santiago se asoma al patio. Su hermana está colgando ropa.

–¡Silvia! –la llama– A Fabián se le descompuso la computadora.

La joven deja lo que está haciendo y llega donde están los jóvenes.

–¿Qué tiene? –le pregunta interesada.

–¡No lo sé! Estaba escribiendo y empezó a borrarse lo escrito. Después se apagó… –se encoge de hombros–. Yo no entiendo mucho. Siempre llamo al técnico.

Silvia seca sus manos en un delantal que lleva puesto. Se lo saca y comienza a caminar hacia la vivienda de los dueños.

–Vamos a ver si encuentro el desperfecto –dice decidida.

Ambos jóvenes la siguen. Ya en la casa, Fabián la conduce hasta su escritorio.

–Aquí está este aparato maldito –señala la computadora.

Silvia ríe y se sienta en la silla del joven enojado. Toca unas teclas. Enciende la pantalla y comienza a mover el mouse de un lado a otro.

Fabián la observa asombrado. No se imaginaba que ella supiera tanto.

No pasa mucho tiempo cuando ella se levanta.

–¡Ya está arreglada! –señala la silla que dejó vacía– Puedes seguir con lo que estabas haciendo.

Fabián lo mira incrédulo.

–¿Qué le hiciste?

Silvia suelta una carcajada.

–Te aseguro que no la rompí –le dice mientras se retira.

Santiago también se ríe ante la cara que ha puesto su amigo.

–¡Te dije que Silvia la podía arreglar! –exclama orgulloso– Mi hermana sabe mucho de estos aparatos.

–Sí –reconoce Fabián–. Lo acaba de demostrar –se sienta nuevamente y comprueba que la computadora ha vuelto a la normalidad.

–Voy a seguir con el jardín –dice Santiago al retirarse.

Cuando Fabián termina los presupuestos va hasta la "casita" y enfrenta a Silvia:

–¿Por qué no me dijiste que sabías computación? –le pregunta disgustado.

–No tengo título habilitante –explica la joven–. Hice nada más que tres años…

–¡Pero eso es lo de menos! –exclama el recién llegado– Los técnicos que llamamos en la empresa, no sé si tienen título o no, pero eso no nos importa. Lo principal es que sepan arreglar esos aparatos.

Silvia ríe por el nombre que Fabián les da a las computadoras.

–Nadie me había pedido antes que lo hiciera.

–Esta tarde te voy a llevar a la empresa. Hay algunas máquinas que están archivadas por falta de técnicos.

–¿A la empresa? –pregunta extrañada la joven– Ahí deben tener gente especializada.

–No sé qué tan "especializados" son, pero en varias ocasiones no pudieron arreglarlas, menos mal que el dueño tiene dinero suficiente para comprar otras.

Sin más comentarios, se retira, dejando a Silvia confundida.

Cuando está a cierta distancia le grita:

–Prepárate que a la tarde te llevo a la empresa.

–¿Y quién cuida a Marquitos? –pregunta la joven también gritando.

–Por eso no te preocupes, le digo a mamá que lo venga a entretener.

Esa tarde, cuando va a sacar el auto del garaje, ya Silvia lo está esperando en la puerta. En un primer momento, queda parado, es la primera vez que ve a la joven con traje, zapatos y el cabello recogido.

–¿Por qué nunca te habías vestido así? –pregunta asombrado– Pareces otra.

–Siempre estoy en mi casa –contesta Silvia divertida al ver la reacción de Fabián–. Si me visto así, además de lucir ridícula, me ensuciaría.

El joven abre la puerta del auto y la invita a entrar.

En el camino casi no habla. Silvia respeta su silencio extrañada. Siempre ha tenido algún comentario. "Estará preocupado", piensa desconcertada.

Al llegar, Fabián toma a Silvia suavemente del brazo y suben las escaleras hasta el primer piso. Antes de ir a su oficina, se dirige al escritorio del dueño de la empresa.

Cuando la joven descubre quién está detrás del vidrio, se detiene, tiesa.

–¡Es el pastor! –exclama e intenta retirarse.

Fabián la detiene en el momento que Omar sale de su escritorio.

–¡Silvia! –exclama asombrado– ¡Qué bueno volver a verte!

Llega hasta la joven y la saluda efusivamente. Ella, sonrojada, contesta tímidamente el saludo y se dirige a Fabián que todavía sostiene su brazo:

–¿Dónde están los "aparatos" que tengo que ver? –pregunta tratando de escabullirse. Su incomodidad es evidente.

Aunque no entiende lo que acaba de ocurrir, el joven se da cuenta que Silvia no se encuentra a gusto. Sin soltarla, la conduce hacia un pasillo, mientras le dice al dueño:

–En seguida vuelvo…

–Cuando termines te espero para charlar un rato –la joven no contesta y sigue caminando. Omar queda parado un momento y vuelve a su escritorio.

Los jóvenes llegan a una oficina donde hay varias computadoras archivadas. Por la tierra que tienen, Silvia se da cuenta que deben llevar un tiempo ahí.

–Te dejo a ver qué puedes hacer –le dice Fabián. Mientras

se retira agrega–. Yo voy a estar en mi oficina. Si necesitas algo, me avisas.

La joven asiente con la cabeza. Desocupa un escritorio y comienza su tarea. Al rato, Fabián se asoma a la puerta.

–¿Y? ¿Cómo va todo?

Silvia sonríe.

–Algunas estaban desprogramadas, nada más. Pero hay otras que necesitan repuestos –señala hacia un costado–. Separé las que funcionan. Todavía me faltan dos que no las pude ver todavía –extrañada pregunta–. ¿Quién las arreglaba? Algunas son un poco viejas y tienen programas que ya no se usan, pero todavía son útiles.

Fabián explica desorientado:

–El técnico dijo que ya no servían. Omar las dejó por las dudas pudieran sacarles algún repuesto.

–Pero son diez y la mayoría está en buen estado –mueve la cabeza de uno a otro lado–. No me explico por qué las descartaron…

–Eso lo vamos a averiguar –queda pensativo un instante y agrega–. Ahora sospecho que el técnico tiene mucho que ver. Siempre teníamos que llamarlo por algo que no funcionaba y la mayoría era por alguna que había arreglado hace poco tiempo –apaga la luz de la oficina y toma de nuevo suavemente el brazo de la joven–. Omar quiere hablar contigo. Vamos a su oficina.

–¡Oh, no! ¡Por favor! –suplica Silvia– No quiero encontrarme nuevamente con él. Llévame a casa por favor.

Fabián, ante la súplica de la joven, aunque no comprende

su actitud, no quiere incomodarla.

—Te llevo por otra salida —le explica girando en dirección opuesta—. Pero no vamos a casa, sino a cenar en un restaurante. Ya son las diez de la noche.

Silvia mira el reloj extrañada:

—¡Tienes razón! —mientras suben al auto pregunta— ¿No se va a preocupar tu mamá?

—Está acostumbrada —contesta el joven—. Por Marquitos no te preocupes. Recién hablé con mi madre y me dijo que está muy entretenido. Él y Santiago cenaron con ella.

—Como siempre. Tu madre malcría demasiado al mocoso.

—Para ella es como el nieto que yo no le di.

Mientras están cenando, Silvia, pregunta intrigada:

—¿Puedo saber dónde estudiaste?

Fabián deja los cubiertos, se limpia la boca con la servilleta y contesta:

—En mi pueblo. Hice la secundaria en una escuela rural. Hubiera deseado venir aquí para estudiar alguna carrera superior, pero las cosas se pusieron difíciles. Hubo una sequía grande y las cosechas se malograron —se detiene un momento, coloca los codos en la mesa y continúa—. Vivíamos en una zona pobre. Nosotros teníamos un poco de ganado, pero tuvimos que venderlo porque, con la sequía, no había pasto para los animales. Cuando salí del colegio ayudaba a mi padre en el campo. Luchamos para salir adelante, pero era como nadar contra la corriente.

Silvia ha dejado de comer interesada.

–En tu pueblo, ¿había iglesia?

–Si. Pero éramos todos campesinos. La mayoría analfabetos. Creo que yo era el único que había hecho la secundaria –Fabián vuelve a tomar los cubiertos, dispuesto a seguir cenando–. El pastor que teníamos era extranjero –piensa un poco y agrega–. Creo que, de Alemania, Checoslovaquia o alguno de esos países.

Silvia sonríe.

–Lo que quieres decirme es que no se expresaba bien.

–Algo así –dice el joven dispuesto a seguir comiendo–. Mis padres y yo tratamos de llevar la iglesia adelante. Ella reunía un grupo de mujeres en mi casa. Mi papá y el pastor, otros hombres en la iglesia y yo llevaba a los jóvenes a jugar al fútbol. Les enseñábamos la Biblia, lo mejor que podíamos –come un bocado y continúa–. El pastor me prestaba algunos libros, pero la mayoría estaban en inglés –ríe divertido–. ¿Te imaginas lo que era leer esos libros con el inglés que aprendí en la secundaria? Demoraba una hora por página… ¡Y con el diccionario a mano!

Silvia se contagia con la risa del joven.

–¡No me hace falta ninguna explicación más!

Continúan cenando. Al terminar los postres, Fabián pide la cuenta y se dirigen al auto.

–¿Cuándo viniste a trabajar en la empresa de Omar? –pregunta la joven interesada.

–Hace tres años, más o menos. Mi padre falleció en un accidente y todo se complicó aún más –Fabián sigue el relato sin descuidar el volante–. Omar se enteró de nuestra situación y nos trajo a vivir aquí. Compró la casa donde vivimos y me dio trabajo en la empresa constructora. Al principio lo único que hacía era acomodar y limpiar –inclina levemente la cabeza–. ¡No tenía idea de arquitectura, ni de construcción! Omar me mandó a hacer un curso y con eso comencé a ambientarme un poco mejor. Luego tomé algunas clases de computación –mira a Silvia a través del espejo retrovisor–. No hace falta que te explique más, porque ya comprobaste que no me llevo bien con esos "aparatos".

La joven ríe divertida. Fabián la observa y, aunque le han quedado muchos interrogantes sobre la actitud que tuvo en las oficinas de la empresa, no dice nada para no incomodarla. Se conforma con verla sonreír.

Llegan al hogar. Norma los saluda, con un dedo entre los labios:

–Shhh, Marquitos se acaba de dormir.

–No te preocupes –le dice Fabián a la joven solícito–. Anda que yo lo alzo y te lo llevo.

Silvia asiente con un movimiento de cabeza y se retira.

Capítulo 5:

Recuerdos dolorosos

Al día siguiente Fabián al volver del trabajo, antes de entrar a su casa, camina hasta la "casita" y golpea suavemente, mientras llama:

—Silvia, ¿estás en casa?

La joven sale en seguida,

—¿Qué necesitas?

—Omar me preguntó cuánto te debe por el trabajo de ayer.

Silvia queda confundida.

—¿Me quiere pagar por lo que hice?

Fabián la mira desconcertado.

—Arreglaste seis computadoras, ¿te parece poco?

Silvia abre la boca como para decir algo y queda callada.

El joven la mira preguntando sin hablar.

—Yo no tengo título —se disculpa la joven—. No puedo

cobrar… ¡Y menos a ustedes!

–Silvia, por favor –Fabián comienza a impacientarse–. Ya te dije que no nos importa el título sino que sepan hacer el trabajo. Y tú lo hiciste mejor que el técnico.

La joven duda un instante y dice tímidamente:

–No sé… No tengo ni idea cuánto puede ser…

–Ya voy a averiguar y te digo –gira en sus talones y se retira.

Cuando llega a la empresa se dirige al escritorio del dueño.

–Hola Omar –saluda al entrar–. Silvia no sabe cuánto cobrar –explica–. Fíjate el último recibo de pago del técnico.

Omar abre un cajón y se lo alcanza.

Fabián lo mira y exclama:

–¡Calculaba que era menos! –mira a Omar y agrega– Por lo que Silvia me dijo creo que este técnico nos estuvo estafando.

Omar lo mira extrañado:

–Yo averigüé y es lo que cobran la mayoría de los técnicos –hace silencio un momento y pregunta interesado–. ¿Por qué no pasaron ayer por mi oficina cuando Silvia terminó el trabajo?

Fabián se sienta resoplando.

–Podría decirte que era tarde, pero la verdad es que Silvia no quería venir –se detiene un momento y comenta–. No sé qué pasa, pero ni bien le mencionamos la iglesia se descontrola totalmente. Y también ayer cuando te vio exclamó asustada: "¡Es el pastor!" Algún problema grave tiene que haber sucedido para que reaccione de esa manera.

Omar se sienta detrás de su escritorio y suspira.

–Ella fue novia de Federico –explica–. No sé qué pasó entre ellos, pero rompieron esa relación y desde entonces Silvia no asistió más a los cultos. Cuando le pregunté a mi hijo qué había pasado entre ellos, me contestó que ella lo había desilusionado.

–¿Silvia lo desilusionó? ¡Es imposible! –Fabián se niega ante esa suposición.

Omar pone los codos sobre el escritorio y pasa sus manos por el cabello.

–Yo tampoco le creí. Pero sabes bien que Noemí lo defiende siempre y él aprovecha el cariño de su madre para salirse con la suya.

Fabián lo mira serio y le aparecen algunas arrugas en la frente.

–Sabes que mi primo no es santo de mi devoción, pero a veces se pasa de la raya.

–Soy consciente de eso –reconoce Omar–. Pero sabes lo delicada de salud que es Noemí. No quiero contradecirla porque en seguida se enferma. Me doy cuenta que Federico no es lo que aparenta frente a su madre, ni en la iglesia, pero me encuentro con las manos atadas.

Al ver el sentimiento de pesar de Omar Fabián interviene:

–Está bien, tío. Quizás en algún momento Silvia se anime a contarme lo que sucedió –se levanta dispuesto a ir a su oficina, pero se detiene al escuchar.

–Federico también fue novio de su hermana. Y también la dejó…

–¿Fue novio de Karina? –la pregunta sale incontenible de los labios de Fabián. Gira sobre sus talones y mira estupefacto a su tío.

–Sé que esto no es novedad para vos –responde Omar–. Tu novia también te dejó por él.

El joven vuelve a sentarse y se toma la cabeza con ambas manos.

–¿Hasta cuándo va a seguir con ese juego tu hijo?

Omar suspira y se levanta.

–Quisiera saberlo. Cada vez que trato de hablar con él se las ingenia para que intervenga Noemí y ya no puedo recriminarle nada.

Fabián lo mira acusador.

–¿Hasta dónde lo vas a dejar llegar? Ya perdí la cuenta de cuántas "novias", si se pueden llamar así, ha tenido.

Omar rodea el escritorio y se sienta en un sillón frente a su sobrino.

–Cuando nos casamos, Noemí deseaba con ansias tener un hijo. Quedaba embarazada y a los dos o tres meses los perdía. Hicimos un tratamiento juntos, pero fue en vano. El médico nos explicó que tenía la matriz muy débil y no sostenía el peso de la criatura cuando comenzaba a crecer –se detiene. Su rostro refleja la evidente tristeza que lo embarga–. Cuando quedó embarazada de Federico estuvo en cama sin levantarse para nada. Y, aun así, no llegó a término. Nació sietemesino. Lo tuvieron en incubadora cerca de un mes hasta que sus pulmones funcionaron bien y recién lo pudimos traer a casa.

–Algo me contó mamá –explica Fabián compadeciéndose

del dolor de su tío–. Nunca supe los detalles, pero me imaginaba algo parecido.

–Después de Federico, Noemí quedó embarazada otra vez y cuando perdió ese bebé, el médico decidió sacarle los órganos de reproducción porque estaba en peligro su vida. Su salud quedó muy delicada. Se enferma por cualquier cosa. Especialmente cuando algo afecta sus sentimientos –mira a Fabián con ojos vidriosos–. Mi hijo sabe sacar partido de eso y me tiene con las manos atadas.

Fabián se levanta. Se sienta en el posa manos del sillón de su tío y frota su espalda, comprensivo.

–Perdóname. No quise producirte este dolor.

–No te preocupes –le dice Omar golpeando levemente las rodillas de su sobrino–. A pesar del dolor, me hace bien hablar de este problema con alguien.

Fabián sonríe apenas.

–Cuando lo necesites cuenta conmigo –le dice dispuesto a retirarse, pero su tío lo detiene.

–Quiero que entiendas que no estoy de acuerdo con las fechorías de Federico, pero por la salud de Noemí tengo que hacer la vista gorda. Espero que algún día mi hijo reflexione y cambie, porque si no, el Señor tendrá que tocarlo… ¡y muy fuerte!

Fabián abraza a su tío que ha soltado el llanto.

–¡Ojalá que nunca llegue eso! –exclama adhiriéndose a su dolor.

Después de unos minutos, Omar se separa y seca sus ojos con un pañuelo descartable que saca de un estuche que hay en el escritorio.

–Antes de irte pasa por aquí así le mando el dinero a Silvia. No sé cuánto es, pero te di el recibo del técnico para que saques la cuenta.

Fabián asiente en silencio. Espera un momento y, cuando ve que su tío se ha calmado, lo saluda y se retira.

Ya en su oficina trata de concentrarse en su trabajo. Pero el torbellino de pensamientos se lo impide. Aunque lo intenta, no puede encontrar explicación posible. Comprobando que es inútil, deja lo que intentaba hacer y se dirige a su hogar. Al llegar fuera del horario habitual y antes que diga nada Norma se da cuenta que sucede algo grave.

–¿Qué pasó hijo? –le pregunta interesada.

Fabián mueve la cabeza y se dirige a su dormitorio.

Su madre queda perpleja ante la actitud totalmente inusual de su hijo, pero respetando su silencio, no quiere entrometerse. "Algo malo debe haber sucedido", piensa dolida. Se dirige a su habitación y cae de rodillas: "Oh, Señor… No sé qué pasa, pero por favor, ayuda a mi hijo…". Queda un rato más en silencio y cuando se levanta grandes lágrimas corren por su rostro. Se siente impotente para ayudarlo. Especialmente por no conocer el motivo y porque sabe que él se enojaría ante su curiosidad. Siempre la regaña por lo mismo.

Cuando lo llama a almorzar Fabián viene con sus ojos hinchados. Norma lo abraza, sin ningún comentario. El joven la aprieta contra su cuerpo.

–¡Ay, mamá! –suspira dolido– ¡Cuánto dolor me ha causado enterarme de algunas cosas!

Su madre lo acaricia.

–No quiero preguntarte nada, pero me ayudaría que me contaras algo…

–Por ahora no puedo, mamá. Tengo que saber otras cosas para poder armar el rompecabezas que hay en mi mente.

Sin decir nada más se sienta en una silla. La mesa, como siempre, está lista para el almuerzo. No han comenzado a comer, cuando aparece Santiago con Marquitos de la mano.

–¡A Silvia la llamaron del hospital! –exclama, mientras sienta a su sobrino en una silla, sabiendo que Norma le servirá el almuerzo, como es habitual. Al ver la cara de los dueños de casa Santiago levanta a su sobrino e intenta retirarse.

–No queremos molestar…

–¡Oh, no, muchacho! –se apresura a intervenir Fabián– No molestan. Solamente estamos pasando por un problema. ¡Siéntense a comer!

Tío y sobrino vuelven a sus sillas y quedan en silencio. Norma sirve los platos y después del postre, Santiago toma a Marcos de la mano y salen pisando despacio como si estuvieran haciendo una travesura.

–Disculpen –dice con una pequeña reverencia y se retiran.

Madre e hijo los saludan y quedan nuevamente en silencio.

Capítulo 6

Una gran propuesta

Después de acomodar la cocina, Norma se dispone a descansar un rato. Al ir a cerrar las cortinas mira a través de la ventana que Silvia se encuentra llorando en un sillón del jardín.

¡Fabián! –llama, casi en un grito, a su hijo.–

El joven viene corriendo.

–¿Qué pasa, mamá?

Por toda respuesta la madre señala a la joven en el jardín.

Sin dudarlo ambos salen y van al encuentro de Silvia. Norma se sienta a su lado y la abraza.

–¿Qué sucede muchacha? –le pregunta angustiada– Nunca te he visto llorar de esa manera.

–Vengo del hospital –comienza a explicar Silvia, con voz entrecortada, sin dejar de llorar–, el médico de Karina me mandó a llamar porque decidieron quitarle el respirador – se detiene un momento para tomar aliento y continúa–. Me dice que ha pasado demasiado tiempo y mi hermana nunca mostró algún signo vital. Solamente el respirador la mantiene viva, pero ya es inútil seguir. Quería notificármelo para que decidiera si la llevan directamente al cementerio o prefiero… –no puede seguir hablando. Posa su cabeza en el hombro de Norma y llora desconsolada.

Fabián ha permanecido parado frente a las mujeres, pero al ver cómo se desgarra el corazón de su amiga decide intervenir.

–No te preocupes… –le dice. En sus ojos aparecen algunas lágrimas–. Dime lo que hace falta y nosotros lo hacemos.

Silvia levanta la cabeza y lo mira.

–El médico me dijo que el hospital se hace cargo de todo. La municipalidad provee el cajón y ellos la pueden llevar en ambulancia al cementerio –un poco más calmada agrega–. No me animo a llegar a casa. ¿Cómo les doy esta noticia a los chicos?

En ese momento Fabián comprende la situación de su amiga.

–Ahora voy yo –dice decidido. Cuando gira para emprender el camino hacia la "casita" ve a los muchachos que corren hacia ellos.

–¿Qué pasa? ¿Por qué están llorando? –Santiago mira uno a uno esperando una respuesta.

–Vení que te lo explico –Fabián lo toma del hombro y se retira unos metros. Le relata sintéticamente la situación y el muchacho corre y abraza a su hermana también llorando. Marquitos, aunque no entiende lo que sucede, suelta el llanto. Norma lo abraza y lo lleva al interior de la vivienda.

De a poco se van calmando los llantos. Silvia se levanta.

–Gracias por todo –dice a Fabián y toma a Santiago del brazo dispuesta a retirarse.

El joven la detiene.

–¿Qué decisión tomaste? –le pregunta interesado– Dime lo que hace falta…

–Voy a buscar alguna ropa para mi hermana y vuelvo al hospital.

–Saco el auto del garaje y te llevo –se ofrece solícito.

Ella hace una mueca parecida a una sonrisa y camina lentamente aferrada a su hermano hacia su vivienda.

Desde allí en adelante Silvia tiene la sensación de estar mirando pasar la cinta de una película. Todo lo hace automáticamente.

Cuando regresan del cementerio Norma los invita a comer algo para mitigar la situación. Se sientan alrededor de la mesa y solamente se escuchan algunos sollozos y suspiros, en el silencio de la habitación. Nadie tiene ánimo de hablar.

Al rato, Silvia se levanta, toma a su hermano y sobrino de la mano, agradece y se retira.

Fabián se levanta y les abre la puerta solícito.

–Por favor. Si necesitan algo nos avisan –les dice despidiéndolos.

Cuando se quedan solos, Norma comenta:

–¡Pobres chicos! La vida no los ha tratado bien.

Fabián interviene:

–Yo creo más bien que la vida les ha pasado por encima, aplastándolos –mira a su madre y pregunta–. ¿Silvia te dijo por qué estaba Karina en ese estado?

Norma se encoge de hombros.

–Sólo sé que hacía más de un año que estaba inconsciente. Pero nunca averigüé el motivo. Algunas veces acompañé a Silvia cuando la iba a visitar, pero no me dejaban entrar a verla, así que la esperaba afuera. Siempre salía llorando de la habitación.

–Yo también la llevé alguna vez y me pasó lo mismo –besa a su madre y agrega–. Ahora vamos a descansar. Aunque nos enteremos del motivo que llevó a Karina a ese estado no solucionamos nada.

Al día siguiente, mientras se viste para ir a su trabajo, Fabián palpa algo duro en un bolsillo de su pantalón. Cuando lo saca exclama:

–¡El sobre con dinero que me dio Omar para Silvia! Con todo lo que pasó, me olvidé por completo.

Termina rápidamente de vestirse. Cuando pasa por la cocina con paso apurado, choca con su madre que está preparando el desayuno.

–¿A dónde vas con tanta prisa? Todavía no es la hora que sales para tu trabajo.

–Voy a darle a Silvia este dinero que le mandó tu hermano –explica el joven sin detenerse.

–¡Espera un poco! –Norma lo toma de un brazo– Es imprudente que vayas a esta hora. No creo que Santiago vaya hoy al colegio y Silvia debe estar todavía en cama.

Fabián se detiene en seco.

–Tienes razón, mamá –reconoce– con todo lo que han

vivido ayer no creo que hoy madruguen. Le doy el sobre cuando venga a almorzar.

Al regresar del trabajo, Fabián, antes de entrar en su casa, se dirige a la vivienda contigua. Golpea suavemente y aparece Santiago.

–¡Silvia! –llama el muchacho sin preguntar nada– ¡Fabián te busca!

La joven aparece limpiándose las manos en el delantal.

–¿Qué sucede? –pregunta al joven invitándolo a entrar.

–Vengo a traerte este sobre que te manda mi tío –le dice sin más explicaciones.

Silvia lo mira sin entender. Toma el sobre y al abrirlo exclama:

–¡Es mucho dinero! –levanta la mirada– ¿En razón de qué me manda esto tu tío?

–Es por el trabajo que hiciste anteayer –Silvia continúa mirándolo sin comprender–. En realidad me lo dio ayer, pero con todo lo que pasó me olvidé de dártelo.

–¿Qué trabajo hice para tu tío? –pregunta Silvia desconcertada.

–Arreglaste seis computadoras, ¿te parece poco?

Silvia se desploma en un sillón y mira con ojos desorbitados a Fabián.

–¿Me quieres decir que el pastor es tu tío?

–Sí –afirma el joven sin comprender esa reacción.

La muchacha vuelve a peguntar:

—¿Quiere decir que eres primo de Federico? ¿Por qué no me lo dijiste? —le reprocha enojada.

En ese momento Fabián se da cuenta del mal entendido.

—Perdóname, pero no creí que fuera necesario…

Recapacitando un poco Silvia pregunta:

—¿Por qué lo llamas por su nombre en vez de decirle tío?

—Aaah, es eso —contesta Fabián comprendiendo el motivo de su enojo—… En la empresa no le digo tío porque no quiero que piensen que, por el parentesco que tengo el dueño me trata mejor. Omar es hermano de mamá —termina de explicar el joven.

—¿Por qué no me lo dijiste? —ante esa pregunta Fabián comprende que Silvia sigue enojada.

—Perdóname, no sabía que mi parentesco con Federico tuviera algo que ver contigo.

La joven se levanta, ya más tranquila.

—Está bien —mira de nuevo el sobre y agrega—. Pero este dinero es demasiado —intenta entregárselo a Fabián y éste se lo rechaza.

—Te lo manda Omar… No soy yo el que te paga… Además, el técnico nos cobraba más…

Silvia queda parada perpleja. Mira el dinero dentro del sobre y, aunque no lo ha contado, se da cuenta que es demasiado. ¿Qué puede hacer?

—¿Qué te cuesta recibirlo? —interviene Santiago—. Con ese dinero me puedes comprar el par de zapatillas que tanto me gustan y a Marquitos un juego para que se entretenga.

Silvia revuelve el cabello del muchacho y lo abraza.

–Tienes razón –reconoce mirando a Fabián–. ¡Gracias!

El joven sonríe.

–Pero eso no es todo…

Los hermanos lo miran sin entender.

–Omar quiere que vayas a trabajar en la empresa.

–¿Yo? –la pregunta sale incontenible de los labios de Silvia.

Fabián ríe divertido ante la reacción de su amiga.

–Creo que eres la única en este entorno –mira a su alrededor–. Y no empieces a poner el pretexto del título o de la experiencia, o de qué se yo… Eres muy útil para nosotros… –tratando de tranquilizarla agrega–. Y te aseguro que yo no tengo nada que ver en esto. Omar es el que me pidió que te propusiera el trabajo.

Silvia está tan desconcertada que no atina a decir nada. De repente murmura:

–¿Y quién va a cuidar de Marquitos y de…?

Santiago la detiene.

–¡Oh, Silvia. Nosotros nos quedamos con Norma. Marquitos pasa más tiempo con ella que con nosotros.

–Sí, ¡tienes razón! No quiere venir ni a comer… –aparece por fin una sonrisa en sus labios.

–Mi mamá lo quiere como un nieto…

–No sé cómo querría a un nieto si tuviera, pero a Marquitos lo consciente demasiado…

—Mamá tiene nietos —afirma Fabián—. Pero muy lejos. A mi cuñado le ofrecieron un trabajo con muy buen sueldo. Aquí no les iba bien, así que se fueron a Estados Unidos. Hablamos por teléfono todas las semanas, pero para mi madre no es suficiente. Extraña mucho a sus nietos —mira a Silvia divertido—. ¡Pero ya encontró un reemplazante! No soportaría que se lo quites…

Silvia sonríe por contestación.

—Yo también la quiero como la abuela que nunca tuve —aclara Santiago riendo.

Fabián mira divertido a la joven.

—¡Se te acabaron los pretextos! —exclama girando para retirarse— Esta tarde te llevo a la empresa.

Capítulo 7:

Memorias imborrables

Desde ese día, Silvia se integra a la empresa. En un primer momento, siempre cohibida, atiende a todos los empleados que la llaman por algún desperfecto. Poco a poco va tomando confianza y cuando cumple su primer mes ya es amiga de todo el personal.

Recibe su primer jornal y exclama asombrada:

—¡Nunca gané tanto!

Fabián, a su lado, suelta una carcajada.

—¡Vamos a festejarlo! —decidido toma delicadamente del brazo a la joven y bajan las escaleras hasta la cochera.

Un rato después conversan animadamente tomando una gaseosa en un restaurante.

—El atardecer es hermoso —comenta Fabián mirando a través del ventanal—. ¡Vamos al parque! —exclama tomando la mano de Silvia. Ella se deja conducir como lo ha hecho desde que comenzó a trabajar. Acepta siempre las sugerencias de su amigo sabiendo que no la va a defraudar. Cada día tiene más confianza en él.

Al llegar al parque comienzan a caminar. Hay niños jugando. Parejas conversando. Ancianos paseando muy despacio. Silvia es feliz. Su sufrimiento va quedando atrás y siente que una nueva vida se abre ante ella.

—¡Espérame acá! —exclama de repente Fabián y sale corriendo. Vuelve con dos helados y le ofrece uno a la joven.

Ella ríe ante la ocurrencia.

—Podría haber caminado hasta el carrito —dice divertida.

Fabián la observa con disimulo. ¡Por fin puede ver una sonrisa en su rostro! ¡Lo deseaba tanto!

Caminan un rato y se sientan observando el sol que se esconde en el horizonte. Quedan callados un momento, hasta que Silvia comienza a hablar:

—Te debo una explicación.

Fabián se vuelve hacia ella. La mira, expectante, pero no hace ningún comentario.

—Desde hace tiempo que quiero contarte lo que pasó con Karina, pero me hacía daño recordar. Ahora el dolor se ha mitigado y quiero, de a poco, que puedas enterarte lo que pasó en mi familia —baja un poco la vista avergonzada—. No es nada bueno, pero mereces saberlo. Fuiste muy paciente conmigo, lo cual te agradezco.

—Me interesa todo lo referente a tu vida —le aclara Fabián—. Pero si te hace daño no quiero enterarme.

Silvia lo mira agradecida y comienza su relato.

–Hay detalles que ya sabes: vinimos a esta ciudad para que trataran el cáncer de mamá. Papá compró la casa donde vivíamos y, aunque a ella le hicieron quimioterapia y un tratamiento intensivo, todo resultó inútil. Falleció a los pocos meses. Mi padre se dedicó a la bebida. Perdió el trabajo y a los pocos meses le dio un infarto. Quedamos solos con mis hermanos –hace una pequeña pausa y continúa–. Asistíamos a la iglesia como lo hacíamos en nuestro pueblo. Mamá, antes de morir, nos pidió que no nos alejáramos del Señor –aclara y prosigue–. En la iglesia conocí a Federico, comenzamos una relación, pero al poco tiempo –al decir esto, se detiene, indecisa.

Fabián toma una de sus manos entre las suyas y la acaricia.

–No hace falta que digas lo que me imagino que sucedió, ¡te dejó por otra!

Silvia baja la vista nuevamente y queda callada.

–Si te sirve de algo –le dice el joven con cariño–. Mi primera novia me dejó por mi primo –ella levanta la mirada incrédula–. Es frecuente ese comportamiento en Federico.

–¿Cuándo fue eso? –la sorpresa de Silvia es evidente.

–Hace varios años… Todavía vivíamos en el pueblo.

–¿Estabas enamorado?

–Sí… Quería muchísimo a Laura… Cuando me dejó, fue muy duro para mí recuperarme. Federico volvió a la ciudad y no lo vimos más. Yo me daba cuenta que Laura estaba dispuesta a volver conmigo, pero mi orgullo no lo permitió. Al poco tiempo se fue. No sé a dónde –se detiene un momento en su relato y luego continúa–. Después conocí a otra chica. Se llamaba Claudia. Salimos un tiempo, pero dejamos esa relación de común acuerdo, porque era evidente que lo nuestro no era amor sino amistad. Desde entonces me negué a enamorarme nuevamente. Mi temor al fracaso fue más fuerte…

Fabián ha abierto su corazón, esperando que eso dé fuerzas a Silvia para que siga hablando.

–¿Ibas a la iglesia en ese tiempo? –la pregunta de la joven lo desconcierta un poco.

–Sí. ¿Recuerdas que te conté que era una iglesia pequeña de campesinos?

–¡Oh, sí! Perdóname –se disculpa Silvia sintiéndose culpable.

–Cuando vinimos aquí –continúa Fabián–, como Omar era el pastor de la iglesia, comenzamos a congregarnos ahí –se encoge de hombros–. El resto ya lo sabes.

–¡Omar es increíble! –exclama Silvia sin levantar la vista.

–Hizo mucho dinero, pero lo utiliza siempre para ayudar a alguien… Por eso el Señor lo prospera tanto…

Fabián queda callado mirando a la joven que juega con sus pies en la arena. Su intriga se ha acrecentado con lo que escuchó hasta ahora y, aunque quisiera contenerse, no puede hacerlo.

–¿Me vas a seguir contando lo de Karina?

–¡Oh, sí! –exclama Silvia sorprendida– Estaba meditando en lo que me contaste que me olvidé… ¿Dónde había quedado? –pregunta desconcertada.

–Cuando Federico te dejó.

—Aaah, ¡ahora recuerdo! —traga saliva tomando ánimo— Desde entonces, dejé de ir a la iglesia. Me alejé del Señor. Tenía un dolor muy grande. También vergüenza. Karina y Santiago siguieron yendo y participaban de las actividades. Todo iba bien, dentro de todo, hasta que un día me enteré que mi hermana estaba saliendo con Federico. Sabiendo lo que podía pasar, traté de hablar con ella, explicándole cómo se comportaba tu primo. Pero fue inútil. Me decía que yo era una resentida. Que no soportaba que la prefiriera a ella, etc. Pasaron unos meses y mi hermana se enfermó —se detiene y explica—. Eso era que yo creía. No quería ir al médico. Tenía vómitos, asco a la comida… Sospechando a qué se debían los síntomas la obligué a ir al hospital. Allí confirmé mis sospechas. Estaba embarazada.

—¿De Federico? —Fabián no sale de su asombro, sabía de las andadas de su primo, pero nunca imaginó que llegara a tanto.

Silvia lo mira de manera acusadora.

—¿De quién podía ser? —pregunta asombrada.

—Tienes razón. Perdóname. Me cuesta creer que fuera capaz de algo así.

—¡Cómo se ve que no conoces lo que Federico es capaz de hacer! —exclama la joven mirando a lo lejos.

—Está bien… Continúa… —la anima Fabián.

—Cuando le pregunté a Karina si se lo había dicho a tu primo, se puso peor. Insistí hasta que me dijo que, cuando le anunció que estaba esperando un hijo, Federico se enojó y le sugirió, o más bien le ordenó —remarca la última palabra— que abortara.

Fabián se vuelve hacia ella estupefacto. Cree haber oído mal.

–¿Le pidió que abortara? –le pregunta impresionado.

–Sí. Y como argumento le dijo que estaba mintiendo. Que seguramente era de otro. Que no podía presentarse en la iglesia con un hijo de soltero. Que era el hijo del pastor –Silvia suspira–. En fin, todos los pretextos que te puedes imaginar.

–Federico siempre pone como escudo su parentesco con "el pastor" –Fabián cierra sus puños. Su ira es evidente, pero trata de dominarse para que Silvia siga su relato.

–Yo le prohibí a Karina que lo volviera a ver. Esta vez, gracias a Dios, me hizo caso. Pasaron los meses previstos y nació Marquitos.

Al escuchar ese nombre, Fabián se vuelve, sorprendido.

–¿Marquitos es hijo de Karina? –la pregunta sale incontenible.

Silvia afirma:

–De Karina y Federico. O sea que es tu primo segundo…

Fabián no reacciona ante la última sugerencia de su amiga y pregunta asombrado:

–Entonces, ¿no es tu hijo? –ella niega con la cabeza– ¡Con razón siempre te dice Silvia!

–También me suele llamar mamá –aclara la joven con la mirada perdida–. Porque soy la única madre que conoció –se detiene un momento y prosigue–. Cuando él nació, se agravaron los problemas. Mi hermana no lo podía amamantar. La leche que tenía que tomar era muy cara. Agregado a eso los pañales, etc., etc., llegamos a una situación problemática. Santiago comenzó a limpiar jardines, yo cosía y tejía. Karina consiguió un trabajo como dependiente de una panadería. Pero lo mismo no nos alcanzaba para vivir –Silvia suspira, para tomar aliento–. Hasta que mi hermana consiguió un trabajo para cuidar una pareja de ancianos por la noche. Su nuevo sueldo o mejor dicho –rectifica la joven– lo que yo imaginaba que era su sueldo, mejoró notablemente y contribuyó a que viviéramos mejor. Pero… –Silvia dice esa palabra y suelta el llanto.

Fabián no soporta verla tan desarmada y la abraza.

–Si te hace daño no sigas –le dice al oído.

Ella se deshace del abrazo y continúa entre sollozos.

–Un día, mientras limpiaba el dormitorio de mi hermana, abrí el cajón de su cómoda para guardar una ropa que había desparramada y me llamó la atención una lencería de encaje que tenía guardada en un rincón. Al sacarla para mirarla mejor, aparecieron otras prendas más provocativas. Ahí me di cuenta el mejor "sueldo" que traía desde unos meses atrás. La pareja de "ancianos" que, según ella cuidaba, era solo un pretexto –detiene su relato y suelta nuevamente el llanto.

Fabián toma su mano y la acaricia. Quisiera abrazarla, pero fue evidente el rechazo que le causó ese gesto hace unos momentos, por lo que frena su impulso. No dice nada esperando que Silvia se calme. Cuando ya escucha solamente sollozos entrecortados, interviene:

–Ya es suficiente… No quiero que te pongas mal…

Ella lo mira entre lágrimas.

–Eso no es lo peor –le dice.

Fabián se encuentra tan confundido ante ese relato, que le parece imposible que haya algo más, hasta que escucha a la joven.

–Cuando volvió esa mañana, la enfrenté, reprochándole lo que estaba haciendo. Karina soltó una carcajada y me dijo: "¿Recién te diste cuenta de mi trabajo? ¿Pensabas que podía ganar ese dinero cuidando viejitos?". Yo no sabía qué contestarle. Hacía tiempo que notaba que había cambiado su vocabulario. Contestaba irónicamente. Yo imaginaba que era su cansancio. Como trabajaba toda la noche, dormía la mayor parte del día. Se desentendió por completo de Marquitos. Discutíamos constantemente. Siempre había un motivo. Santiago se asustaba, pero se quedaba al margen. Marquitos lloraba al vernos así, por lo que prefería callarme. La situación se volvió insostenible. Una mañana, como no volvía de su "trabajo", dejé a mi sobrino al cuidado de Santiago y salí a buscarla. Recorrí los lugares que sabía que frecuentaba. Pregunté por ella a cada una de sus "compañeras" que encontraba, hasta que una de ellas me indicó una casa de citas en un pasaje que pasaba desapercibido a la vista de los transeúntes. Entré por esa callejuela y al fondo se veían luces de colores. Caminé hasta allí y toqué la puerta. Se abrió una ventanita y apareció la cara pintarrajeada de una mujer mayor. Me miró de arriba abajo y, antes que pudiera decirle nada, me dijo que no había trabajo para mí. Cuando intentó cerrar la ventanita le dije el motivo que me había llevado ahí. Al nombrar a Karina, abrió la puerta, me hizo pasar y fue hasta un escritorio a mirar una lista de nombres que había en un cuaderno. Me costó acostumbrar mis ojos a la penumbra del lugar. Esperé ansiosa, sin interrumpir. Cuando terminó de revisar, me miró y me dijo algo que no alcancé a escuchar por el cigarrillo que tenía en la boca. Cuando le repetí la pregunta, sacó el cigarrillo y me contestó con desfachatez: "Karina trabajó anoche, pero no sé con quién se fue. No queda registrado el nombre de los acompañantes". ¡Otra desilusión! Cuando me alejaba por el pasillo me llamó. Supongo que vio la desesperación que yo tenía. Me dijo que esperara, que le iba a preguntar a las mujeres de la limpieza.

Silvia detiene su relato, se tapa el rostro con las manos y suelta el llanto. Fabián no sabe qué hacer. Quisiera abrazarla, pero detiene su impulso imaginándose el rechazo de la joven.

–No sigas, por favor –le dice compasivo– no quiero que sufras ante ese recuerdo.

Ella limpia su rostro con el dorso de la mano.

–Si no te cuento todo ahora será peor –lo mira con su cara mojada por las lágrimas. Fabián saca un pañuelo y delicadamente seca su rostro.

Ella suspira y prosigue:

–Un momento después me llamó desde adentro. No veía casi nada, pero me orienté por la voz. La mujer estaba parada con la puerta abierta de una de las habitaciones. Llegué hasta ella y al mirar lo que me señalaba –vuelve a llorar, pero no se detiene–. Karina estaba desnuda, tirada en una cama doble, con un brazo y una pierna colgando. La mujer entró y empezó a darle golpecitos en la cara, mientras la llamaba, pero no reaccionaba. Yo la zamarreaba desesperada, pero era inútil. Después de unos momentos la mujer salió gritando unos nombres. Yo envolví a mi hermana en una sábana, la levanté en mis brazos e intenté salir, cuando llegaron dos hombrones que me la quitaron. Escuché que ella les ordenaba que llevaran a Karina al hospital y preguntaran por el doctor... No recuerdo el nombre. Cuando quise seguirlos, la mujer me atajó y me dijo que fuera al hospital por mi cuenta porque no quería problemas. Desesperada tomé un taxi. Le dije al chofer donde quería ir –a esta altura, las palabras de Silvia se entremezclan con suspiros–. En la mesa de entrada me indicaron un pasillo. Corrí hasta ahí y llegué a una puerta que tenía dos carteles grandes que decían: "Terapia intensiva" "Prohibida la entrada a personas ajenas al personal". Cuando me disponía a golpear, se abrió la puerta vaivén y salieron dos enfermeros con camillas vacías. Me dijeron que esperara en uno de los bancos. Obedecí y me senté. El corazón me latía tan fuerte que escuchaba los golpes en mi pecho. No sé cuánto tiempo pasó hasta que salió un médico y me preguntó si yo era pariente de la chica que habían traído. Afirmé con la cabeza. No podía articular ninguna palabra. Me dijo que había mandado a hacer los estudios porque no lograban hacerla reaccionar. Sin más palabras, se retiró.

Silvia mira a Fabián desconsolada y se apoya en su pecho. El joven la abraza y trata de consolarla. Le acaricia la espalda y besa sus cabellos.

–No sigas –le pide dulcemente–. Te hacen mucho daño esos recuerdos.

Silvia se separa.

–Si no te cuento esto ahora no podré hacerlo nunca –explica. Toma aliento y continúa–. Esperé otro rato hasta que salió otro médico. Le pregunté si me permitían ver a mi hermana y abrió la puerta para que pasara. Karina estaba en una camilla, entubada, con mascarilla de oxígeno y conectada a varios monitores. No pude quedarme porque en seguida me hicieron salir de terapia. Volví a sentarme a esperar más noticias. Cerca de mediodía regresó el doctor que me había dicho de los estudios y me dijo que mi hermana estaba muy grave. Le habían practicado un lavaje de estómago, sin resultado. Por las marcas que tenía en sus brazos era evidente que se venía inyectando hacía tiempo. Me dijo que su sangre estaba tan contaminada que su conclusión era que tenía una sobredosis. Había que esperar para ver si reaccionaba.

Fabián la vuelve a abrazar.

—El resto ya lo sé… No sigas…

Silvia suelta el cuerpo y el joven la separa, pensando que se ha desmayado, pero comprueba que sus nervios han colapsado. Tiene la mirada perdida. Comienza a tiritar. Fabián la alza en sus brazos y la lleva al auto. Ya en su casa, llega al dormitorio y la deposita en su cama tapándola con una frazada.

Norma lo ha oído entrar y viene presurosa. Cuando ingresa a la habitación encuentra a su hijo sentado, llorando, con los codos en sus rodillas y las manos tapándose los oídos. Asustada pregunta:

—¿Qué pasó?

Fabián mueve la cabeza. Sin levantar el rostro le contesta:

—No puedo contarte nada, mamá. Yo deseaba enterarme lo que había pasado con Karina, pero no me imaginaba nunca lo cruel que fue todo para Silvia —mira a la muchacha dormida—. Dejemos que descanse…

Se levanta. Pasa un brazo por el hombro de su madre y salen de la habitación.

Capítulo 8:
Regresar a donde fui feliz

Silvia despierta y abre sus ojos desconcertada. Mira a su alrededor y se da cuenta que no está en su habitación.

En ese momento entra Fabián con una bandeja.

–¿Ya despertó la bella durmiente? –bromea mientras acomoda dos almohadas más en el respaldo y la ayuda a sentarse.

–¿Dónde estoy? –pregunta Silvia desorientada.

–En mi dormitorio –explica Fabián–. Anoche estabas tan mal que llamé al médico preguntándole si hacía falta llevarte a la clínica. Cuando le conté lo que había pasado me dijo que te diera un sedante y te dejara dormir –se detiene comprobando que Silvia se ha sentado–. Cuando te di el sedante lo tomaste sin protestar… o mejor dicho, sin saber lo que hacías –la mira sonriendo y bromea–. Tendría que haber aprovechado para…

–¡Fabián! –lo detiene la joven– ¡No digas tonterías!

El joven suelta una carcajada y le alcanza la bandeja.

—Ahora toma este desayuno… —mientras acomoda la pequeña mesita en sus piernas agrega—. En realidad tendría que traerte el almuerzo…

—¿Qué hora es? —pregunta Silvia mirando por la ventana. El sol despliega su brillante esplendor.

—Es mediodía —le dice el joven entre risas—. Vine varias veces a verte, pero dormías como un angelito…

—¿Marcos y Santiago durmieron solos?

—Mamá los trajo anoche y los acomodó en su dormitorio. Puso un colchón en el piso para Santiago. Marcos durmió con ella.

—¿Y tú?

Fabián sonríe divertido y señala un diván a un costado.

—No te preocupes… No me aproveché de las circunstancias… —se levanta y mientras se retira agrega bromeando—. Aunque hubiera sido una buena idea… —cierra la puerta para evitar una servilleta que le tira la muchacha divertida.

Mientras desayuna su mente se va aclarando y recuerda lo que pasó la noche anterior. "Si me costó tanto contarle lo de Karina, ¿qué será si se entera lo que Federico me hizo a mí?". Desecha ese pensamiento porque acaba de entrar Norma.

—¿Cómo estás, querida? —le pregunta la mujer interesada.

—Estoy bien, señora… —titubea— doña… Norma. Gracias por todo lo que hicieron por mí.

La mujer ríe.

—Todavía te cuesta llamarme por mi nombre… —y sin darle

importancia agrega–. Lo importante ahora es que te repongas –acaricia el rostro de Silvia y tomando la bandeja vacía se retira.

La muchacha se levanta dispuesta a vestirse y se da cuenta que la acostaron con la ropa que tenía el día anterior. Sale al comedor y dos brazos rodean sus piernas.

–¡Silvia! –dice Marquitos escondiendo su rostro en la ropa de la muchacha– ¡Qué susto nos diste anoche!

Ella desparrama los rulos de su cabecita.

–Mi amor –le dice poniéndose a su altura–. Solamente estaba muy cansada.

–Eso es lo que nos dijo la señora Norma y nos llevó para que comprobemos que estabas dormida…

–Vamos a casa –le dice tomando con una mano a Marquitos y con la otra a Santiago que ha permanecido distante sin hablar.

–No, no, no… –interrumpe Norma–. Primero almuerzan y después se van. La mesa ya está servida.

Silvia mira a Fabián que se encoge de hombros.

–Yo acabo de desayunar… –empieza a protestar, pero su hermano y sobrino ya están acomodados en la mesa. Mueve la cabeza y se sienta.

Cuando terminan el postre, la muchacha se levanta dispuesta a ayudar a Norma y ésta la detiene.

–Hoy no –le ordena la dueña de casa contundente–. Ahora ve a descansar…

Cuando ya se retiran, Fabián le dice:

—El médico te dio un certificado hasta el lunes para que te puedas reponer.

Silvia intenta protestar y el joven los empuja suavemente hacia afuera y cierra la puerta.

Al otro día cuando Fabián se prepara para ir a trabajar suena su teléfono. Es Omar.

—Por favor —le pide con voz apagada—. Abrí vos la oficina porque yo estoy en la clínica. Noemí se ha descompuesto.

—¿Qué pasó?

—Después te lo explico.

Fabián termina de vestirse apurado y sale corriendo. Norma lo llama y él la saluda con el brazo en alto. No quiere detenerse porque sabe que su madre le pediría explicaciones y no las tiene.

Después de abrir las oficinas y comprobar que cada empleado ha pasado su tarjeta. Aunque debe supervisar unas obras, se queda en el escritorio del dueño, esperando noticias.

Cerca de mediodía llega Omar con rostro preocupado. Sin decir nada cuelga su chaqueta y desabrocha la camisa.

Fabián se levanta y termina de ayudarlo a sacarse la corbata.

—¿Qué pasó esta vez?

—Lo de siempre: Federico.

—¿Qué hizo esta vez?

—Se fue al extranjero. Llegó a saludarnos y a sacar un poco de ropa y desapareció. Por la prisa que tenía me imagino que va huyendo de algo… —Omar se deja caer en el sillón—.

Seguramente, dentro de poco tendré que cubrir el descubierto de su tarjeta de crédito…

–¿Hasta cuándo será esto, tío?

–No lo sé, Fabián. El dinero no me importa… Pero la salud de su madre sí… –mira a su sobrino y exclama–. ¡La va a terminar matando!

Fabián no sabe qué decir. Quisiera encontrar palabras de consuelo, pero no puede justificar el comportamiento de su primo.

Cuando regresa al hogar esa tarde se prepara para contestar el interrogatorio que seguramente le hará su madre.

Al terminar la poca información que tiene el joven se dirige hacia la puerta.

–Voy a ver cómo están los chicos –explica.

Norma llega y lo abraza.

–¿Te has enamorado de Silvia, verdad?

Fabián posa un brazo en el hombro de su madre y contesta.

–No te lo puedo negar. Estoy enamoradísimo. Después que Laura me dejó, pensé que nunca volvería a amar de esta manera –se detiene un momento y agrega–. Pero no sé qué pasa. Me encuentro con una pared que se interpone entre los dos y no logro derribar. Creo que ella también siente algo por mí, pero me rechaza continuamente.

Norma lo besa en la frente.

–Silvia ha sufrido mucho… Tienes que armarte de paciencia…

Fabián suspira como respuesta y camina hacia la "casita".

Como siempre es recibido con exclamaciones de alegría de los dos muchachos, pero Silvia se mantiene al margen mirándolo jugar con ellos.

Fabián la mira insistentemente y Santiago, disimuladamente, toma a Marquitos de la mano y lo lleva hacia afuera.

La muchacha le ofrece una silla, muy atenta, pero sin decir una palabra.

Fabián se sienta.

—Vine a decirte que Federico se ha ido al extranjero —le dice esperando su reacción.

Silvia lo mira asombrada.

-Y, ¿por qué?

El joven se encoge de hombros.

—Ni Omar lo sabe. Solamente fue a despedirse…

—Y Noemí, ¿cómo está?

—Tuvo una de sus descomposturas. La internaron hasta hace un rato. Antes de cerrar las oficinas le avisaron a Omar que la fuera a buscar. Parece que está mejor.

Silvia mueve la cabeza.

—¡Pobre mujer! Federico va a terminar matándola a disgustos.

—Lo mismo dijo Omar… Pero creo que a mi primo eso no le importa mucho. Aunque se trata de su madre que lo ha consentido toda la vida.

Ambos quedan en silencio por un rato hasta que Fabián rompe el silencio:

–Ahora puedes venir a la iglesia. Ya no está el que te impedía asistir.

Silvia lo mira indecisa.

–Sí… Pero está el pastor y su señora… No sé si podré enfrentarlos…

–¿Ellos saben lo sucedido con Karina?

–No. Pero saben que fui novia de Federico.

–Silvia, ¡por favor! –Fabián acaricia la mano femenina posada en la mesa– Ellos son los pastores, imposible que no vayan a la iglesia –la joven permanece en silencio, con su mirada baja–. Te he visto varias veces leyéndole la Biblia a Marquitos. Le pediste a Santiago que nos acompañara. Me doy cuenta que, dentro tuyo, lo deseas. Entiendo que no te quisieras encontrar con Federico, pero ahora él ya no está… – el joven se calla esperando la reacción de Silvia. Ella levanta la mirada, pero no dice nada. Ya no tienes argumentos ni pretextos…

–Tienes razón. Pero todavía no me animo. Tengo vergüenza.

–¿Vergüenza de qué? –Fabián comienza a impacientarse.

–Está bien. No te enojes. Te prometo que el domingo que viene los acompaño a la iglesia.

El joven suspira aliviado. Quisiera abrazarla, pero prefiere despedirse para evitar cometer una imprudencia.

Cuando salen de la reunión ese domingo. Norma se adelanta con los muchachos para dejar solos a la pareja.

Caminan en silencio un rato. Silvia suspira profundamente y exclama:

–¡Pensé que sería más difícil! ¡La gente me saludó con tanto cariño! ¡El pastor y su esposa me abrazaron! –mira a Fabián que camina a su lado– ¡Qué estúpida fui!

El joven le sonríe feliz. "Por fin la veo contenta. Gracias, Señor".

Capítulo 9:
Un inexplicable rechazo

Ese lunes Fabián la busca para ir al trabajo.

–¿Descansaste bien?

Ella sonríe.

–¡Demasiado! –exclama mientras se dirige al auto– Reconozco que me hacía falta.

El joven abre la puerta gentilmente para darle paso. Es algo que ha hecho desde que comenzó a trabajar. Ella se acostumbró a su amabilidad y se acomoda en el asiento.

–Esta noche prepárense. Nos invitaron al cumpleaños de tía Noemí.

–¿A mis hermanos también?

Fabián sonríe.

–Sí… a ellos también –Mira de reojo a Silvia y añade divertido–. Son parte de la familia…

La joven queda callada un rato meditando.

–¿Te das cuenta que la señora Noemí conocerá a Marquitos?

Fabián comprende la inseguridad de Silvia.

–Algún día lo tenía que conocer.

–Sí –reconoce la joven–. Pero Marquitos se parece mucho a Federico.

–No te preocupes. Acuérdate que ellos no saben nada.

Cuando termina la jornada de trabajo vuelven a sus hogares. Antes de bajar Fabián le dice:

–Dentro de un rato paso a buscarlos.

Silvia asiente con un movimiento de cabeza y baja del vehículo.

Esa noche, en la casa grande, Fabián reniega con la corbata que se niega a acomodarse. Norma viene en su ayuda.

–Es una cena informal. No creo que haga falta corbata.

–Tienes razón, mamá –tira la prenda en su cama y se desabrocha el último botón de la camisa.

–Estás muy guapo esta noche –bromea Norma mientras se retira de la habitación–. ¿A quién quieres impresionar?

Fabián sonríe. Su madre lo conoce más que nadie. "Esta noche enfrentaré a Silvia. Me tendrá que decir qué siente por mí. No puedo seguir con esta incertidumbre".

Al ir a sacar el coche del garaje, ve a hermanos y sobrino parados frente a la "casita".

–¡Vaya! ¡Qué elegancia! –mira a Silvia y agrega– ¡Estás deslumbrante!

Ella sonríe por respuesta y se ubican en el vehículo.

Llegan a un barrio residencial y Fabián se detiene ante un portón. Anuncia su nombre y las puertas se abren.

Los ojos de los pasajeros miran a uno y otro lado.

–¡Qué casa tan grande! –exclama Marquitos con los ojos desorbitados.

–¡Parece un palacio sacado de una película! –Santiago acompaña el asombro de su sobrino– ¿Quién les arreglará estos jardines?

Fabián sonríe y mira por el espejo retrovisor la reacción de Silvia. Ella también está admirada, pero no esconde su preocupación.

–Todo saldrá bien –la tranquiliza el joven.

No hay muchos invitados, pero los adornos, la mesa y la comida, declaran abiertamente la situación económica de los dueños.

En un momento de la cena, mirando al chiquillo que juega con los cubiertos. A la cabecera de la mesa Noemí comenta a su esposo:

–¿Te diste cuenta el parecido tan grande que tiene Marquitos con nuestro hijo?

Omar también lo ha advertido, pero, sabiendo el problema de su esposa, comenta:

–¡Por favor, Noemí! ¡Estás viendo a tu hijo por todas partes! ¡Contrólate por favor!

Ella no dice nada, pero sigue observando al niño que se levanta y corre por los jardines. Su felicidad es evidente.

Cuando terminan de cenar los invitados forman grupos de

acuerdo a la afinidad de cada uno.

Fabián aprovecha la oportunidad y lleva a Silvia hasta un banco ubicado frente a una enorme fuente.

Como siempre ella se deja conducir sin protestar.

Al sentarse el joven se pone de costado y le dice con voz solemne:

–Silvia. Yo sé que ya te has dado cuenta lo que siento por ti –la mira insistentemente, cuando ella baja el rostro, toma su barbilla y la obliga a mirarlo–. Te amo. Te amo como nunca pensé volver a amar. Mejor dicho, mucho más –se detiene sin soltar su barbilla y agrega en voz baja–. Quiero casarme contigo.

Cuando la joven escucha la última frase se levanta como picada por una serpiente. El joven queda con su brazo levantado tremendamente confundido.

–No, Fabián… Yo no puedo casarme contigo… –él la mira sin entender esa reacción. Ella trata de suavizar sus palabras. No puede aguantar su mirada penetrante. Mueve su cabeza para desprender la mano masculina que sostiene su barbilla y prosigue–. Eres demasiado bueno –su voz se quiebra. A punto de llorar agrega–. Seguramente encontrarás otra mujer que te merezca y te haga feliz… –sin decir otra cosa echa a correr hacia la fiesta.

El joven, en un primer momento, intenta correr tras ella, pero se detiene. "No vale la pena. Fue mi último intento. Ya no voy a insistir". Siente que su corazón se desgarra. No entiende la reacción tajante de esa mujer que tanto ama. Vuelve a sentarse, apoya su espalda en el respaldo del asiento y mirando al cielo exclama: "Ayúdame, Señor. Por favor…

Tú sabes cuánto amo a Silvia… Ayúdame a soportar este dolor". Baja la cabeza. Se agarra la cabeza y suelta el llanto.

Silvia con su rostro bañado en lágrimas busca a Santiago.

–¿Dónde está Marquitos? –le pregunta mirando a todos lados.

–Lo llevó adentro la señora Noemí –explica el muchacho–. Pero, ¿qué te pasa? ¿Por qué estás llorando?

Silvia no contesta las preguntas y ordena a su hermano:

–Por favor, ve a buscar a Marquitos que nos vamos…

Santiago la mira sin entender, pero obedece como siempre.

El niño sale corriendo de la casa.

–¡Silvia! ¡La señora tiene una pieza llena de juguetes! –exclama asombradísimo.

Silvia lo toma de la mano.

–Vamos a casa.

El niño no advierte el humor de la muchacha y continúa:

–La señora me invitó que venga cuando quiera. ¿Me vas a traer, Silvia?

Ella asiente con la cabeza y se dirige a la salida. Omar la detiene.

–¿Se van? –mira a todos lados y no ve a Fabián– Esperen, llamo un chofer que los lleve –no le pasa desapercibido el rostro mojado de Silvia, pero se abstiene de hacer ningún comentario.

Desde ese día en adelante, Fabián lleva a Silvia al trabajo en completo silencio. Se saludan con un "Hola" y, cuando se cruzan en las oficinas, no se dirigen la palabra. Ese comportamiento extraña sobremanera a Omar. No quiere entrometerse, pero un día, cuando su sobrino está a solas con él lo increpa:

–¿Qué pasó entre Silvia y tú?

Fabián se tira en un sillón.

–¡Ya no puedo más! –exclama dolido– Le pedí que se casara conmigo y me contestó que no puede –mira a Omar con ojos vidriosos–. No sé por qué. No me lo dijo. Yo me había hecho ilusiones. Me parecía que ella también me amaba –agacha la cabeza un momento. El dueño de la empresa queda callado. No esperaba esa noticia. Él también se dio cuenta del interés que mostraba Silvia hacia su sobrino. "¿Qué habrá pasado para que reaccione así?".

Fabián se levanta lentamente y se retira arrastrando los pies sin decir nada más.

Pasan quince días y todo sigue igual. Una tarde Silvia toca la puerta de la casa grande.

Sale la dueña a atender y al verla la invita cordialmente.

–Pasa, por favor, pasa.

La joven, sin moverse del lugar, le dice seriamente:

–Vengo a despedirme, Norma. Le desocupamos la "casita". Conseguí otro trabajo y alquilé un departamento. Nos vamos a vivir allá –no deja que la mujer ponga objeciones y agrega–. Quiero agradecerle sinceramente todo lo que hicieron por nosotros. Sé que el Señor les va a recompensar su generosidad.

Sin otro comentario Silvia se retira. Norma la llama repetidas veces y ella solamente levanta su mano en forma de saludo. Intenta seguirla para pedirle explicaciones, pero se detiene. Su hijo siempre le ha pedido que no se inmiscuya en problemas ajenos.

Cuando Fabián regresa esa noche del trabajo encuentra a su madre tremendamente inquieta.

—¿Qué sucede? —le pregunta asustado.

—Silvia se ha ido con los chicos —explica Norma a punto de soltar el llanto.

Aunque la noticia lo impacta no dice nada y se dirige a su habitación.

—¿No vas a decir nada? —su madre viene detrás suyo.

—Es lo mejor —contesta Fabián desabrochándose la camisa.

Norma lo mira sin entender.

—Pero, ¿no vas a hacer nada?

—No, mamá. Si Silvia decidió irse, estará bien —y sin más explicaciones se dirige al baño—. Me voy a dar una ducha.

Norma queda parada. No entiende a su hijo. Hasta unos días atrás sólo pensaba en Silvia y ahora… Mueve la cabeza desorientada.

Al día siguiente al llegar a su trabajo, como lo hace habitualmente, pasa por la oficina del dueño. Lo encuentra sentado mirando un papel que sostiene en la mano.

—Hola Omar —saluda el recién llegado.

Sin contestar el saludo su tío le alcanza la nota que estuvo leyendo.

—Mira esto —le dice desorientado—. Silvia ha dejado su renuncia.

Fabián toma la hoja que le ofrece Omar. La lee y se la devuelve.

—Me lo imaginaba —contesta—. Ayer Silvia dejó la "casita" y le dijo a tu hermana que había conseguido otro trabajo.

—Pero, ¿sabes el motivo?

—No lo sé, pero lo imagino. No quiere encontrarse más conmigo. Es mejor así —Fabián marca su tarjeta y pregunta—. ¿Dónde tengo que ir hoy?

—Al edificio que están construyendo con los planos que hiciste la semana pasada —contesta Omar automáticamente. Está tan desorientado que no atina a preguntar nada más.

El joven se retira dejando al dueño totalmente confundido.

En los próximos días Fabián se conduce como un autómata. Casi no come. Pasa las noches dando vueltas en la cama sin conciliar el sueño. El deterioro de su organismo comienza a hacerse visible. Todos comprueban que su estado se agrava cada día, pero nadie se anima a objetarle nada viendo su evidente sufrimiento.

Un día, al salir de su oficina se desploma. Varios empleados corren a auxiliarlo.

—Se ha desmayado —le dicen a Omar que llega hasta el lugar agitado.

—Llamen una ambulancia —ordena tratando de reanimar a su sobrino.

En seguida llegan los paramédicos y lo cargan en una camilla.

—Lo llevamos a la unidad coronaria. Tiene muy bajas las pulsaciones. Si quiere venga usted con nosotros —le dicen a Omar.

–Yo los sigo en mi auto. Por si hace falta algo.

Busca las llaves en su escritorio y, antes de salir, ordena.

–Sigan con su trabajo. Si no vuelvo hasta la hora de cerrar, dejen la llave en la portería –baja las escaleras hasta la cochera y sigue la ambulancia.

Al llegar a la clínica, mientras espera el diagnóstico, Omar habla a su hermana:

–Hemos traído a Fabián a la clínica. Se descompuso en la oficina. Todavía no sabemos qué le ha pasado. Te mando un chofer para que vengas. Por favor no te impacientes. Creo que su desmayo es consecuencia de la tensión que ha vivido este último tiempo.

Pasan muy pocos minutos y aparece Norma asustadísima. En ese momento sale de terapia un médico amigo de la familia.

–Ya reaccionó –explica–. Le estamos haciendo los estudios necesarios –mira a sus amigos y pregunta–. ¿Por qué Fabián llegó a ese estado? Tiene un stress muy pronunciado.

–¿Se va a salvar? –pregunta Norma desesperada.

El médico sonríe.

–Sólo se ha desmayado. No es nada grave. Pero tenemos que hacerle las pruebas pertinentes para saber el motivo –sin más explicaciones vuelve a terapia.

Omar lleva a Norma hasta un banco al costado y la obliga a sentarse.

–Vamos a esperar los resultados –la tranquiliza–. No te pongas nerviosa que es peor.

—Desde que Silvia se fue cada día iba desmejorando. ¡Pobre hijo! —Norma apoya la cabeza en el hombro de su hermano.

—Yo también lo notaba —comenta Omar—. Pero no le decía nada. Sabes que no le gusta que se entrometan en su vida.

Cuando la madre va a contestar ven aparecer a Silvia corriendo por el pasillo. Llega hasta ellos y pregunta angustiada:

—¿Cómo está Fabián?

Omar contesta con otra pregunta:

—¿Quién te avisó?

—Un muchacho de la oficina —explica nerviosa—. Pero, ¿qué le pasó?

—Tuvo un pequeño desmayo —comenta el hombre, quitándole importancia al acontecimiento—. Estamos esperando el informe médico.

Silvia, sin hacer otro comentario, se sienta en un banco contiguo. Siente sobre sí las miradas acusadoras de los hermanos. "Me culpan del estado de Fabián" piensa, "Sería inútil tratar de explicarles".

Sale el médico y los tres se levantan ansiosos de recibir noticias del enfermo.

—El electro ha salido bien. Los análisis también —explica el facultativo—. Pero su estado nervioso ha colapsado. Tiene un stress muy grande. Le aplicamos un sedante. Es evidente que no ha comido ni dormido bien este último tiempo. Pueden pasar a verlo, pero está dormido.

Los hermanos aceptan la sugerencia y entran a terapia. Silvia los sigue hasta la sala de enfermeros. Se conforma con verlo a través del vidrio. "¡Dios mío! ¡Qué flaco está!" , pone una mano en su boca para no gritar su angustia y se retira muy despacio. Se siente culpable, pero ¿qué puede hacer? Si le cuenta el motivo de su rechazo será peor. "Oh, Señor, ¿qué debo hacer? ¡Por favor! ¡Ayúdame! No quiero que Fabián sufra por culpa mía. Demasiado he sufrido yo", ora en silencio. Su corazón se desgarra.

Capítulo 10:
El motivo que nos separó

El médico da de alta a Fabián advirtiéndole:

–Debes alimentarte bien y tomar los tranquilizantes que te receté –le dice solemnemente–. Por ahora, es un simple stress, pero se puede convertir en un problema cardíaco.

–No se preocupe, doctor –dice Norma tomando al joven por el brazo–. Yo me encargo que cumpla sus indicaciones.

Omar los lleva en el automóvil hasta su hogar. Abre la portezuela y alarga el brazo para ayudar al joven a bajar.

–No hace falta, tío –le indica Fabián–. Puedo manejarme solo.

Norma intercambia una mirada significativa con su hermano y se encoge de hombros.

–Te hice hacer un certificado médico por una semana –le informa Omar subiendo al automóvil.

–No es necesario –protesta Fabián–. Es peor quedarme en casa…

–Sal a caminar. Anda al gimnasio –le aconseja el tío–. No te quedes encerrado que es peor y si te hace falta más días para recuperarte, no hay problema. Alguien de la empresa hará tu trabajo mientras tanto –poniendo en marcha el auto agrega–. ¡Cuídate que te necesitamos!

Norma acompaña a su hijo hasta la habitación.

–Te traigo la comida…

–Un té es suficiente. Antes de salir me pusieron otro calmante. Voy a dormir.

–Pero el médico dijo…

–Ya sé lo que dijo el médico, mamá –la interrumpe Fabián alterado–. Ahora tengo sueño, no hambre.

Norma no insiste y se retira.

Se dirige a su habitación y cae de rodillas: "¡Oh Señor! ¡Ayuda a mi hijo! ¡Su angustia es evidente! ¡Yo no sé qué hacer! ¡Por favor, Padre! ¡Que se reponga pronto!". Queda un rato más rogando por su hijo y se levanta despacio, cuando escucha que llaman a la puerta.

–Ya va –dice con voz fuerte. Al abrir queda paralizada–. ¡Silvia! –exclama al ver a la muchacha parada frente a ella.

–¡Por favor, Norma! Necesito hablar con Fabián.

La mujer desconcertada la invita a pasar.

–Debe estar durmiendo. Antes de salir de la clínica le pusieron un calmante y… –no sigue hablando al ver a su hijo que viene corriendo.

–¡Silvia! –exclama– No esperaba que vinieras. No fuiste a la clínica…

—Sí, fue —interviene su madre—. Pero no quiso entrar a tu habitación.

—Necesito hablar contigo. ¡Por favor, Fabián! —le suplica la joven con voz angustiada.

Norma se retira prudentemente sabiendo que su presencia no es necesaria en ese momento.

Fabián la conduce hasta la sala de estar y se sientan en un sillón. No intercambian ninguna palabra por un momento. Solamente se miran.

—Vengo a darte una explicación —Silvia rompe el silencio—. Creo que es necesario que sepas lo que me pasa… —el joven afirma sin hablar—. Lo único que te pido es que no me interrumpas hasta que te cuente todo… Es algo muy feo y si no te lo digo de una vez no podré seguir.

—Está bien —Fabián intenta tomar su mano, pero ella la saca inmediatamente. Él no le da importancia a esa reacción y agrega—. Soy todo oídos —pasa los dedos por sus labios en señal de silencio.

—Se trata de lo que pasó con Federico —Silvia habla apresuradamente—. Cuando éramos novios —rectifica inmediatamente— o mejor dicho, cuando estábamos saliendo. Un día me llevó a su casa. Yo no sabía que no estaban sus padres. Me invitó una gaseosa y conversamos un rato. Empezó a besarme, acariciarme, hacerme mimos. Bueno, te imaginarás lo demás, hasta que me llevó a la cama —se detiene indecisa—. Conclusión: tuvimos sexo —suspira. Es evidente que le cuesta esa confesión. Fabián permanece callado como le ha prometido—. Después de eso, me sentí la más miserable de las personas. Lloré, pedí perdón al Señor. Seguí mi rutina diaria para olvidar o para pagar mi culpa. No sé.

A esta altura Fabián toma su mano compadeciéndose. Ella se da cuenta que él piensa que esa es la confesión que tenía por lo que continúa:

—Desde ese día no quería ver más a Federico. Él tampoco me buscó. Pasó cierto tiempo y comencé a sentir síntomas que, en ese momento, no entendía. Tenía veintiún años y hasta ese momento había vivido en una burbuja. Fui al médico y me dio el diagnóstico: estaba embarazada. Se lo comuniqué a tu primo y me dijo que no podía ser, que yo lo quería comprometer, que no podía enterarse el pastor, etc., etc. La solución que me dio era que tenía que abortar. Yo me negué rotundamente. Me amenazó diciéndome que no pensaba hacerse cargo de una criatura, que no sabía si era suya, Las mismas disculpas que luego le dio a Karina. Cuando ella quedó embarazada le conté lo que me había pasado, para que no cometiera el mismo error que yo —suspira para tomar valor para lo que debe decir—. Yo vine a mi casa dispuesta a no verlo más. Dejé de ir a la iglesia sin decir el motivo. En ese tiempo todavía iba a la universidad, pero también abandoné mi carrera. Sentía vergüenza. A los pocos días Federico vino a buscarme. Me dijo que estaba arrepentido, que estaba dispuesto a casarse conmigo. Que se iba a hacer cargo de la criatura, etc. Era tan convincente que le creí. Me llevó hasta un bar a tomar una gaseosa. Yo le sentía un gusto raro a la bebida, pero pensé que sería la marca. Veía que Federico cruzaba ciertas miradas con el mozo, pero no sospechaba nada. Al rato comencé a ver turbio, las personas se agrandaban, se acercaban y alejaban hasta que me desmayé. Antes de perder totalmente el conocimiento Federico me dio unas pastillas diciéndome que me sentiría mejor.

Fabián no soporta más y la abraza apretándola a su pecho.

Silvia se separa.

–¡Por favor, no me interrumpas! –le suplica– ¡Falta que te cuente lo peor! –traga saliva y continúa– Me desperté en el hospital, con un sachet de sangre en un brazo y suero en el otro. Vino el médico, se paró en la punta de la cama y me preguntó seriamente: "¿Dónde fuiste a que te hicieran el aborto?". Toqué mi vientre dolorido y me di cuenta lo que había pasado. Me largué a llorar y le repetía al doctor: "Yo no quería abortar. Yo no quería abortar". El médico, al verme tan alterada, se sentó en la cama y me dijo: "No sé quién fue, pero te hicieron una carnicería. Perdiste tanta sangre que pensamos que no te repondrías". Le pregunté quién me había traído al hospital y me dijo que fueron dos mujeres que pensaron, en un primer momento, que estaba borracha, porque caminaba agarrándome de las paredes, pero luego vieron la sangre que despedía y se dieron cuenta que era otra cosa por eso me llevaron al hospital.

Silvia no puede evitarlo y comienza a llorar. Fabián la atrae hacia sí abrazándola.

–No me rechaces, por favor –le suplica.

La joven se separa un poco permitiendo que él sostenga sus manos.

–El médico me dijo que habían tenido que operarme para detener la hemorragia. En esos casos, tiene que dar el consentimiento el paciente o algún pariente cercano. Pero las mujeres que me llevaron no me conocían y yo estaba inconsciente así que tuvieron que hacerlo igual. Según me informó el doctor, tuvieron que cerrar varias heridas que tenía y… –se detiene y baja la vista avergonzada.

–Silvia –le dice Fabián con ternura–. Lo único que me

importa es saber tus sentimientos. Si me amas…

Ella lo mira y esconde el rostro entre las manos.

–Te amo… Dios sabe cuánto te amo… Pero eso no cambia las cosas…

Fabián intenta volverla a abrazar y ella lo detiene.

–Déjame terminar, por favor –suspira y continúa con la voz quebrada–. Cuando me operaron, el médico me dijo que tenía mis ovarios hecho pedazos, así que tuvieron que extirparlos –se detiene y mira a Fabián–. ¿Te das cuenta que no puedo casarme contigo? ¡No puedo darte hijos! Y… ¡Tú deseas tener una familia y lo mereces! Pero yo no puedo dártela.

Fabián, al escuchar esas palabras, comprende al fin, cuál es el motivo del rechazo de la joven.

–¡Oh, no, mi amor! –la abraza fuertemente. Ella quiere deshacerse de sus brazos, pero él la retiene– Ese no es motivo para no casarnos…

Silvia forcejea un rato hasta que logra separarse un poco y exclama.

–¡No puedo tener hijos! ¡No puedo darte una familia! ¿No lo entiendes?

Fabián la atrae hacia su pecho.

–Entiendo tu temor, pero existen muchísimas parejas que no tienen hijos –la separa un poco y mirándola con infinita ternura añade–. También está la posibilidad de adoptar. Hay miles de niños sin padres que necesitan del amor que rebosa en tu corazón.

Silvia se tira en sus brazos.

–¿Realmente no te importa? Si adoptamos, no serán tuyos.

–Sí serán míos, porque les daré mi apellido.

Ella llora. Pero ahora entre lágrimas y risas.

–Si supieras el infierno que viví desde que nos separamos –su voz suena apagada debido a que tiene su cara escondida en la camisa de Fabián.

Él la acaricia. Besa sus cabellos repetidas veces esperando que se calme.

Al rato la separa y toma su rostro entre las manos.

–Mi amor… ¿Por qué no me dijiste esto antes? Hubieras evitado tanto sufrimiento tuyo y mío también –atrae su rostro y besa repetidamente su frente, sus ojos llenos de lágrimas, sus pómulos, hasta que llega a sus labios y se pierde en un beso intenso y dulcísimo.

Ella se separa un poco.

–¡Por favor, no le digas a nadie lo que acabo de contarte! –le suplica.

Fabián levanta la palma de la mano en señal de juramento.

–¡Prometido!

Silvia ríe feliz comprobando que el joven vuelve a sus bromas.

Capítulo 11:
Una noticia inesperada

Omar está firmando unos papeles cuando ve aparecer a Fabián.

—¿Qué haces aquí? —le pregunta extrañado— Te hicieron un certificado por una semana…

—Ya no hace falta el certificado. Estoy perfectamente.

Al notar la sonrisa que no había visto en su sobrino los últimos días, pregunta:

—¿Qué pasó?

—Silvia fue ayer a casa y aclaramos las cosas —explica el joven sonriendo—. El certificado lo voy a necesitar para mi luna de miel.

Omar viene hasta él y lo abraza.

—¡Que hermosa noticia! ¿Para cuándo los "confites"?

Fabián suelta una carcajada.

—No tuvimos tiempo de hablarlo todavía. Pero te aseguro que será pronto.

El dueño de la empresa le informa:

—Mandé a Gustavo en tu remplazo. No imaginaba que volverías tan pronto —mira al joven detenidamente y pregunta—. ¿Realmente te sientes bien?

—Sabes cuál era mi enfermedad. Ya está todo aclarado con Silvia. ¡He vuelto a la vida tío! —exclama caminando hacia la puerta. Cuando llega al umbral, se da vuelta y pregunta:

—¿Saben algo de Federico?

Omar rodea el escritorio y contesta:

—Nada. No da señales de vida.

—¿Y Noemí cómo está?

—Los primeros días después que se fue mi hijo estaba muy mal. La tuve que internar varias veces, pero ahora —se detiene un momento y agrega—. Desde que va Marquitos a casa ha cambiado. ¡Esa criatura ha hecho el milagro!

Fabián sonríe.

—¡Menos mal!

Omar se pone serio.

—El problema va a ser cuando Silvia no lo lleve más. Se ha encariñado mucho con esa criatura. Siempre le encuentra algún parecido con Federico —medita un poco y agrega pensativo—. La verdad que yo también lo veo parecido a mi hijo. ¡Seguramente es el deseo que tenemos de tener un nieto! —concluye moviendo la cabeza.

Fabián llega hasta el escritorio y le dice con voz firme:

—Marquitos es tu nieto, Omar. Esa criatura es hijo de Federico.

El hombre lo mira incrédulo.

—¿Qué locura estás diciendo?

—No es locura, tío. Marquitos es nieto de ustedes.

—¡No puede ser! —exclama pensativo— Silvia no nos ha dicho que tenía un hijo…

—Esa criatura no es de ella sino de su hermana Karina —aclara Fabián—. Silvia lo crió porque su hermana trabajaba —no quiere seguir porque tendría que contarle más detalles y su novia le pidió que no revelara el secreto.

—¡Dios mío! —exclama el hombre conmovido— ¡Con razón tiene tanto parecido a mi hijo! —queda en silencio reflexionando un momento y pregunta— ¿Silvia permitirá que se lo diga a Noemí?

—Ya lo hablamos y no se opone. Inclusive me pidió que te lo dijera.

—¿Y por qué no lo hiciste?

—Sabes lo que pasé últimamente. ¡Se me olvidó por completo!

Omar toma el teléfono y Fabián lo detiene.

—No le des todavía la noticia. Sabes el problema de tu esposa. Es mejor que la prepares.

El hombre reflexiona.

—Tienes razón. Aunque no sé cómo voy a aguantarme…

—Lo vas a tener que lograr… por el bien de Noemí.

Pasa un rato y aparece nuevamente Fabián en el escritorio de Omar.

–Hablé con Silvia –le informa–. Esta tarde llevaremos a Marquitos a tu casa, como lo hace habitualmente, y, si se da la ocasión, le informaremos a Noemí que la criatura es su nieto.

–¡Yo también quiero estar en ese momento! –exclama Omar– Será una hermosa noticia para mi esposa.

–No te impacientes, por favor. Te dije que le diremos si vemos que es el momento oportuno. Si Noemí no se encuentra en condiciones esperaremos un poco.

–No creo que haya problema –medita Omar–. Todos los días espera ansiosa que Silvia lo lleve.

Fabián se retira advirtiéndole:

–No digas nada, por favor. Aguanta hasta la tarde…

Mientras tanto en el departamento que alquiló Silvia, Marquitos acomoda su mochila.

–¿Tengo que llevar el piyama?

Silvia sonríe.

–Si vas a quedarte a dormir tienes que llevarlo.

–La señora Noemí me dijo que hoy me iba a llevar al zoológico. ¡Qué buena es! ¡Ojalá tuviera una abuela como ella!

Ante esa exclamación de su sobrino Silvia queda pensativa. "Después que se entere que la esposa del pastor es su verdadera abuela, ¿cómo reaccionará?", desecha ese pensamiento. "El Señor nos mostrará qué tenemos que hacer".

Esa tarde, Fabián los lleva hasta el hogar de sus tíos. Noemí está en la puerta esperándolos.

–¡Ya llegaron! ¡Qué alegría! –saluda apurada a los recién

llegados y toma la mano de Marquitos, le quita la mochila de su espalda y se dirige a la vivienda, entusiasmada– Te dije que hoy iríamos al zoológico.

Fabián y Silvia se ríen.

–¡Apenas nos saludó! –el joven mira a su novia– ¿Se lo decimos ahora o esperamos que vuelvan?

–No sé –contesta ella–. Tendríamos que preguntarle al pastor.

–¡Ahí viene! –señala a su tío que camina hacia ellos.

–¡Hola muchachos! ¡Qué lindo es verlos juntos! –abraza efusivamente a su sobrino. Mira a Silvia y añade– ¡Dentro de poco serás mi sobrina! –exclama dándole un beso en la mejilla mira a todos lados– ¿Y Marquitos? ¿Lo trajeron?

Fabián suelta una carcajada.

–Sí… Pero Noemí se lo llevó adentro. ¡Ni nos registró!

–Estuvo toda la mañana preparando cosas para esperarlo, ¡hasta hizo galletas!

La pareja intercambia una mirada significativa. Silvia levanta sus hombros.

–No sé. Que lo decida tu tío.

–¿Qué tengo que decidir? –pregunta Omar desorientado.

–Si conviene que le demos la noticia a tía Noemí ahora o esperamos.

El pastor piensa un momento.

–Creo que mientras más pronto lo sepa será mejor. ¡Vive hablando de él!

—Entonces vamos adentro –dice Fabián decidido tomando a Silvia del hombro.

Al llegar Noemí está acomodando la mochila de Marquitos.

—Ya casi estamos listos. Voy a buscar mi bolso y nos llevas –dice apurada y se dispone a subir las escaleras.

—Espera un momento mi amor –le dice Omar tomándola del hombro–. Los chicos vinieron a darte una noticia.

—¡Que se casan pronto! –exclama dándoles un abrazo– Mi esposo me contó que se pusieron de novio y…

—Espera, mujer –la interrumpe el esposo–. Es otra cosa.

Noemí mira a la pareja interrogándoles con la mirada.

—No me digan que no van a traer más a Marquitos –sus ojos se nublan.

—No señora –aclara Silvia–. Es todo lo contrario.

—Déjalos hablar, por favor –le pide su esposo cariñosamente.

—Queremos darle una noticia que calculo la va a alegrar mucho –comienza a decir Silvia. La mujer mira uno por uno.

—¿Qué noticia es esa?

Fabián interviene:

—Es sobre Marquitos. Queremos decirte que él es tu nieto, hijo de Federico.

—¡¿Quéee?!

—No te alteres –le suplica Omar–. Lo que acaba de decirte Fabián es cierto.

El niño hasta ese momento ha permanecido a un costado. Silvia le ha enseñado que no debe intervenir en las conversaciones de los mayores. Pero al escuchar lo que Fabián ha dicho viene corriendo.

–¡Quiere decir que tengo dos abuelas! –exclama saltando de alegría.

–¿Por qué dos abuelas?

–¡Claro! La abuela Norma y la abuela Noemí –explica tranquilamente.

Silvia ríe divertida.

–También incluye a tu mamá –dice a su novio.

Todos sueltan una carcajada ante la ocurrencia del mocoso.

Noemí lo alza y abraza a punto de llorar.

–No te pongas mal –le pide su esposo.

–No te preocupes. Si llego a descomponerme será de alegría. ¡Es la mejor noticia que pudieron darme! –besa repetidamente a Marquitos. El niño estira sus brazos y rodea su cuello. Ella cierra los ojos y lo aprieta contra el pecho.

Al ver esa escena los demás se miran con ojos húmedos. No calculaban la alegría tan grande que produciría esa noticia en Noemí y también en el niño.

De repente Marquitos se vuelve a su tía.

–¿Dónde está mi papá?

La pregunta deja a todos desorientados.

–Vos me dijiste, Silvia, que Karina era mi mamá. O sea que eres mi tía. Pero si tengo abuelos, tengo que tener papá –la deducción de la criatura deja a todos desorientados.

Omar se agacha para ponerse a la altura del niño.

–Tu papá está de viaje –le explica sin otro comentario–. No sabemos cuándo volverá –al ver la desilusión de Marquitos agrega–. Pero seguramente vendrá pronto.

–Está bien… Tendré que esperar para conocerlo…

–Bueno, ¿no querían ir al zoológico? –interviene Fabián cambiando la conversación que se ha puesto tensa.

–¡Siii! –exclama el niño– Vamos a conocer los animales de la selva.

Noemí toma la mano que le extiende Marquitos y antes de salir abraza a Silvia.

–¡Gracias! –le dice dándole un beso– ¡Gracias por la hermosa noticia que me dieron!

La pareja los acompaña hasta el automóvil.

De regreso Fabián comenta:

–Creo que hicimos bien en aclarar la situación.

–Lo que me da pena es que Marquitos pregunta por su padre. ¿Qué sucederá cuando no lo vea por mucho tiempo?

–No nos hagamos problema por ahora –toma una mano de Silvia y la besa mientras sigue atento al volante–. El Señor nos dará una respuesta.

Pasan los días y cada vez son más frecuentes las visitas de Marquitos a la casa de sus abuelos. En una oportunidad, cuando Noemí se despide, le pregunta:

–¿Te gustaría venir a vivir con nosotros? –Omar la mira recriminándola– No te preocupes ya lo hablé con Silvia y está de acuerdo –lo tranquiliza.

En la entrada están los novios esperando al niño para

llevarlo de regreso al departamento.

–La abuela me preguntó si quiero venir a vivir con ellos –dice Marquitos estirando los brazos a su tía.

Ella lo recibe y pregunta:

–¿Te gustaría?

El niño confiesa:

–Quiero mucho a los abuelos, pero no quiero dejarte sola –comienza a hacer "pucheros".

Silvia lo abraza consolándolo.

–Yo no estoy sola, mi amor. Santiago está conmigo y pronto me voy a casar con Fabián.

Marquitos apoya su cabecita en el hombro de su tía.

–Me gusta visitar a los abuelos… Pero si vengo a vivir con ellos, no te voy a ver más –comienza a lloriquear.

–No, mi amor –Silvia lo consuela, dándose cuenta a qué se debe el llanto del niño–. Voy a venir siempre a verte. Además, el abuelo Omar te llevará al departamento cuando quieras.

Marquitos mira a sus abuelos con ojos llorosos. Noemí abraza a su esposo y suelta el llanto.

–¡No quiere! ¡No quiere! –exclama.

El niño viene hasta ella.

–No llores, abuela. Yo voy a seguir visitándote…

Fabián se decide a intervenir.

–Ahora vamos a casa –alza a Marquitos y prosigue–. Lo piensas mejor y mañana volvemos. ¿Te parece?

Mueve su cabecita en señal de aprobación y levanta su manito saludando a sus abuelos mientras sube al automóvil de Fabián.

Silvia se acerca a Noemí y le dice sonriendo:

–Fue un impacto para él. Cree que viviendo con ustedes no me verá más.

–Es lógico que sufra pensando eso –contesta la mujer–. Para él, eres su mamá…

–No se preocupe –la conforta–. Todavía es muy chiquito. En casa le voy a explicar, para que entienda que viviendo con ustedes, no me perderá –besa a Noemí y se despide.

Capítulo 12

El verdadero perdón

Omar acomoda algunos papeles de su escritorio. Cuando Fabián viene a pasar su tarjeta le pregunta.

–¿Por qué no vuelve Silvia a trabajar con nosotros? Ustedes ya solucionaron el problema.

–Eso no me corresponde a mí decidirlo. Tú eres el dueño de la empresa.

–Pensé que volvería…

–Sabes lo responsable que es Silvia. No va a dejar su trabajo si no se lo propones.

–Tienes razón –reconoce Omar–. Cuando vaya esta tarde a visitar a Marquitos se lo digo.

–¿Quiere decir que mi sobrino ya vive con ustedes?

El hombre ríe divertido.

–¡Ya lo integraste a la familia! ¡Todavía no es tu sobrino! –bromea el hombre y contesta– Silvia lo convenció. ¡Esa muchacha es extraordinaria!

Fabián ríe contagiado.

—¡Si lo sabré yo! —exclama orgulloso— El Señor me regaló una joya preciosa.

—¿Ya decidieron la fecha de la boda?

—Mi novia quiere que esté mi hermana Cristina y su familia. Les hablé y me prometieron contestarme. La fecha depende de ellos.

A los pocos días, Silvia se integra nuevamente a la empresa. Todos aplauden su llegada. La mayoría de ellos asisten también a la iglesia y han construido un hermoso vínculo.

En seguida la empiezan a llamar de distintas oficinas para que solucione algún problema.

Cuando tiene un pequeño descanso va a la oficina de Fabián y lo encuentra haciendo unos planos.

—¿Todavía trabajas con lápiz y papel? —le pregunta admirada.

El joven la mira sin entender la indirecta.

—¡Son planos! ¿De qué otra manera quieres que trabaje?

—No te enojes, mi amor —se pone en puntas de pie y lo besa en la mejilla—. Ahora los planos se hacen en computadora. Salen más exactos y no cuestan tanto trabajo.

—¿En computadora? —le pregunta Fabián extrañado— Pero son planos. Hay que dibujarlos, no escribirlos.

Silvia ríe divertida.

—Vienen "aparatos" que hacen ese trabajo con programas especiales.

—Pero, ¿cómo se puede dibujar un plano?

—Tendría que explicártelo en una computadora —piensa un poco y toma a su novio por el brazo—. En la máquina que tiene Abel se puede cargar ese programa.

Se dirigen a la oficina del empleado mencionado y Silvia le pide permiso para usar su computadora. Se sienta frente a ella un rato. Trabaja apretando teclas, etc. y al rato exclama:

—¡Listo! —los dos jóvenes se acercan curiosos— Ella mueve el mouse de arriba para abajo, para los costados, etc. y para asombro de los muchachos aparece un plano dibujado.

—Es una muestra —explica—. Tienen que trabajar con las medidas justas —gira y al ver la cara de asombro en los muchachos suelta una carcajada—. ¡Parece que hubieran visto un fantasma!

—¿Cómo lo hiciste? —preguntan a dúo sin dejar de mirar la pantalla.

—Yo no lo hago, simplemente utilizo el programa y dibujo lo que quiero.

Fabián la toma del brazo y la lleva en vilo hasta el escritorio de Omar.

—¡Silvia dibujó un plano en la computadora! —le dice emocionado al dueño. Va a seguir hablando cuando ve que su tío cuelga el teléfono con el rostro desencajado, alcanza su saco colgado en el perchero y explica caminando hacia la escalera que lleva a la cochera—. Me acaba de decir el médico que han traído a Federico en ambulancia. No me explicó qué pasó.

Fabián corre tras él.

—Yo voy contigo —se da vuelta y besa a su novia—. Cuando volvamos te cuento…

En unos momentos más ambos están parados frente a terapia. Esperan unos instantes y sale el médico de guardia.

–¿Ustedes son parientes del muchacho que ingresó recién?

Ambos asienten.

–Pueden pasar a verlo un momento –advierte–. No más de quince minutos.

Los dos hombres ingresan, tratando de no hacer ruido. Hay una sola camilla en la sala. Se acercan y quedan espantados. Federico parece un cadáver: los ojos hundidos. Los pómulos salientes. Su piel blanca como papel.

Presintiendo su presencia, el joven abre los ojos, se quita la mascarilla y dice con voz apagada:

–Papá… Fabián…

Notando el esfuerzo que hace para hablar. Omar pone un dedo en la boca.

–Shh… no te agites –toma su mano libre y la aprieta–. Te quiero, hijo –alcanza a decir y suelta el llanto.

–Perdóname el daño que te hice, papá –Federico trata de enderezarse un poco. Fabián lo detiene.

–No te muevas…

El joven enfermo apoya la cabeza en la almohada y se coloca nuevamente la mascarilla para seguir respirando.

Los visitantes se encuentran tan impresionados que no dicen nada.

El médico llega hasta la cama.

–Deben retirarse –ordena– el paciente no está en condiciones de hablar.

Cuando se disponen a salir, Federico alcanza la mano de su padre.

—Por favor, papá, necesito ver a Silvia y a Karina —su voz suena apagada dentro de la mascarilla.

Omar afirma con una inclinación de cabeza y se retira del lugar junto con su sobrino.

Cuando sale, se sienta en un banco y suelta el llanto tapándose la cara. Fabián se sienta a su lado y acaricia su espalda. Él también quedó tan impresionado que no encuentra las palabras para consolar a su tío.

El hombre levanta el rostro y mirando a su sobrino, pregunta:

—¿Para qué quiere ver a Silvia? No entiendo qué tiene que ver ella. Se separaron hace mucho tiempo…

Fabián intuye el motivo de Federico, pero solamente comenta:

—Evidentemente no sabe que Karina falleció.

Cuando llegan a la empresa, Silvia, al verlos sale del escritorio donde estuvo trabajando y corre hasta ellos. Al notar el rostro mojado de Omar y la expresión en la cara de Fabián, pregunta angustiada:

—¿Qué le pasó a Federico?

El joven le hace señas para que no siga preguntando y acompaña a su tío al escritorio. Regresa rápido. Viendo que los empleados han dejado de trabajar, ordena:

—Sigan con su trabajo —toma a su novia por el brazo y la lleva hasta su oficina. Cierra la puerta y la abraza.

–No te imaginas el estado de Federico. ¡Es un cadáver! –Silvia se separa impresionada– El médico nos dijo que le quedan días de vida –corrige– o tal vez horas.

–¿Tan mal está?

Él la vuelve a abrazar.

–Yo pensaba que cuando tuviera a Federico delante de mí lo menos que le haría es darle una trompada –reflexionando agrega–. Cuando lo vi en el estado que se encuentra el único sentimiento que tuve es de compasión –su novia posa su rostro en el pecho del muchacho, pero no dice nada.

Fabián la separa un poco.

–Antes de salir de terapia le dijo a Omar que quería verte a ti y a Karina.

–¿A mi hermana? ¿No sabe que está muerta? –se detiene un momento y reflexiona– ¿Y para qué quiere verme a mí?

Fabián toma los brazos de su novia.

–Le queda poco tiempo de vida –mirando a Silvia directamente a sus ojos agrega–. Me imagino que quiere pedirte perdón.

–Yo lo perdoné hace tiempo. El Señor me hizo entender que el rencor me hacía más daño a mí que a él.

–Debes ir a verlo pronto. Será lo mejor. Cuando salgamos te llevo.

Ella afirma y pregunta:

–¿Cómo está el pastor?

–Destrozado. Su duda es cómo le dará la noticia a su esposa.

Cuando salen Omar está cerrando su oficina.

–Me voy a casa –anuncia–. Tengo que avisarle a Noemí que han traído a Federico. No me perdonará nunca si no se lo digo. Lo más posible que tenga otra descompostura…

Fabián se ofrece a acompañarlo, pero su tío no se lo permite.

Cuando la pareja llega a la clínica. Omar y su esposa están sentados en un banco de la sala de espera. Se acercan y escuchan a Noemí:

–Yo lo llevé a eso… –llora desconsolada–. Siempre supe que andaba en cosas raras, pero traté de disimular pensando que así cambiaría… –esconde el rostro en el cuerpo de su esposo–. ¡Pobre hijo!

Omar abraza a su esposa consolándola.

–¡Entren! –les dice el médico a los recién llegados– El joven repite constantemente el nombre de Silvia. Me imagino que es usted.

La joven afirma y se dirige a la puerta de terapia. Fabián la quiere acompañar y ella lo detiene.

–Será mejor que entre sola.

La sala está en penumbra. Una luz ilumina la única camilla. La muchacha camina hacia allí y al ver el enfermo, se tapa la boca con las manos para ahogar el grito que quiere salir de su garganta.

Federico advierte su presencia.

–¡Silvia! ¡Viniste! –exclama con voz apagada dentro de la mascarilla.

Ella se acerca tímidamente.

–Me dijeron que querías verme…

–Sí… –afirma e intenta enderezarse. La joven lo detiene.

–No te esfuerces, por favor.

–Quiero pedirte perdón… –la mira con ojos desorbitados–. ¡Por favor, Silvia! Necesito tu perdón…

Ella toma la mano libre y la aprieta suavemente.

–Yo te perdoné hace tiempo, Federico…

–¡Te hice tanto daño! –se saca la mascarilla desesperado– A Karina también… ¿Ella no vino? –se agita sobremanera.

Silvia lo ayuda a recostarse.

–Debes calmarte. Si me prometes estar en silencio te voy a contar –el joven asiente llorando. La muchacha continúa–. Karina falleció hace casi un año –le dice sosteniendo su mano–. Pero no fue por culpa tuya… Tuvo su hijo… Ahora Marquitos vive con tus padres. Dentro de poco cumplirá cinco años –Federico se revuelve tratando de hablar. Silvia lo acaricia suavemente–. Si te pones así no puedo seguir… –él la mira y mueve la cabeza de un lado a otro–. Está bien… No puedo traerlo para que lo conozcas, pero te puedo mostrar una foto –abre su cartera. Saca el celular. Busca un momento y cuando lo encuentra, se lo acerca a la cara–. Ese es tu hijo –le va pasando varias fotografías–. Tus padres dicen que es muy parecido a ti… –las lágrimas se deslizan por el rostro del muchacho.

Ya más tranquilo mira a Silvia.

–¡Perdón! ¡Perdón! –repite moviendo la cabeza.

Silvia se sienta al costado de la cama.

–Yo te perdoné hace tiempo… Ahora tienes que pedirle perdón al Señor.

–No puedo… Hice mucho daño… El Señor no me puede perdonar… –comienza a temblar. Silvia se levanta para buscar un médico, pero Federico aprieta su mano y la detiene–. Por favor, no te vayas –le implora.

–Tranquilízate, por favor… –el mueve la cabeza afirmando. Su temblor disminuye. Silvia ora en silencio: "Señor, dame las palabras que necesito. Federico no tiene mucho tiempo". Cuando comprueba que el enfermo respira mejor, toma una gasa, seca delicadamente su rostro y prosigue–. Dios puede perdonarte. No importa el daño que hayas hecho, ni los pecados que cometiste. Él te ama –el enfermo mueve nuevamente la cabeza de uno a otro lado–. Lo único que el Señor quiere es que te arrepientas –Silvia continúa hablándole suavemente acariciando el rostro del joven. Él la mira y sigue negando–. Federico, tú fuiste a la iglesia y conoces la Biblia. Recuerda la historia del rey Manasés. Fue el peor rey de Israel. Hay un capítulo entero de cosas tremendas que él hizo (abre la Biblia que ha traído, previendo lo que tendría que decirle). Escucha lo que Dios dice en su Palabra: "Manasés hizo más mal que las naciones que Jehová destruyó". Dios permitió que lo llevaran prisionero a Babilonia (Silvia comprueba que Federico atiende la lectura que ella está haciendo y continúa leyendo mientras clama al Señor) "Mas luego que fue puesto en angustia, oró a Jehová su Dios, humillado grandemente… Y habiendo orado a Él, fue atendido, pues Dios oyó su oración, humillado grandemente en la presencia del Dios de sus padres" (la joven observa que Federico se ha tranquilizado y sigue hablando con ternura). Esa historia está en el Antiguo

Testamento, antes que Cristo muriera en la cruz. ¡Cuánto más puede perdonar ahora Dios, sabiendo que el Señor llevó TODOS (enfatiza esa palabra) nuestros pecados…

El joven la mira mientras se deslizan lágrimas por su rostro. Silvia comprueba que ya no mueve la cabeza negando. Sigue clamando al Señor por él y le dice alzando un poco la voz:

—Dios quiere perdonarte. No hay pecado que sea más grande que su amor. Por favor… Sé que estás arrepentido… ¡Pídele perdón al Señor! —su voz es un ruego— Sé que no puedes hablar, pero Dios conoce tu corazón y tus pensamientos.

Federico cierra sus ojos y no los vuelve a abrir. Silvia comprueba que el monitor está alterado y corre a buscar al médico. Cuando sale de terapia encuentra varias personas hablando. Distingue a un médico por su bata blanca y tomándolo del brazo lo introduce a la sala de urgencias.

—Por favor, doctor… Federico se puso mal…

El facultativo revisa las pulsaciones, tensión, etc., pero comprueba que la línea del monitor va quedando cada vez más recta —se vuelve a Silvia y los demás que entraron tras él y mueve la cabeza—. No puedo hacer nada más. Sería inútil tratar de reanimarlo. Su estado era terminal.

Inevitablemente se escuchan los llantos. Noemí que se llega hasta la cama. El médico le saca la mascarilla.

—¡Hijo querido! —abraza el cuerpo inerte— ¡Perdóname! ¡Perdóname!

Omar la levanta y abraza.

—Vamos que te hace mal… —la conduce hacia la puerta.

Los demás contemplan el cadáver sin palabras y se retiran.

Quedan solamente Silvia y Fabián.

–Se lo ve tranquilo. En paz.

–Ojalá le haya pedido perdón al Señor… –esconde su rostro en el pecho de su novio–. ¡Era tan joven! ¡Qué vida desperdiciada!

Fabián trata de calmarla acariciándola.

–Hizo demasiado daño…

Silvia levanta su rostro.

–No sé qué más pudo hacer para terminar así…

Capítulo 13:

De preparativos en preparativos

Después del entierro. Vuelven a la mansión.

Marquitos no ha soltado la mano de Silvia.

–¡Yo quería conocer a mi papá! –exclama el niño llorando.

Su tía lo abraza y lo sienta en su falda.

–¡Lo conociste! Noemí te mostró varias fotos de él…

–Pero no es lo mismo…

Silvia acaricia la cabecita apoyada en su pecho. No dice nada. "Si lo hubiera visto le habría quedado esa triste imagen para siempre. Mejor así. Ahora llora, pero dentro de poco ni se acordará de su papá, como todo niño".

Toma la cabecita en sus manos. Lo besa en ambas mejillas. Seca su rostro y le dice:

–Ahora vete a jugar en las hamacas que yo voy a ayudar a la abuela.

El niño obedece y sale corriendo.

Ambas mujeres conversan animadamente en la cocina. Es una manera de olvidar los últimos acontecimientos. No advierten a Fabián que ha llegado y las observa sonriendo.

–¿Qué están preparando de rico? –pregunta el joven yendo hacia ellas– Le llevo su ayudante un rato –dice a su tía, guiñando un ojo. Toma de la cintura a su novia y la lleva hasta el jardín. Ella se deja conducir.

–Recién habló mi hermana… Vienen dentro de quince días. No se pueden quedar mucho tiempo así que tenemos que organizar nuestra boda.

Silvia lo mira asombrada.

–¡No se puede organizar una boca en quince días! –exclama confundida.

–Me imaginaba que dirías eso así que hice mis recaudos…

–¿Qué recaudos?

Fabián la toma por la cintura y empiezan a caminar por el jardín.

–Mi madre se encarga de tu traje de novia. Noemí de organizar la comida. Omar ya contrató los decoradores. Mis tíos quieren que nos casemos en estos jardines –explica, tranquilamente–. Ah, me olvidaba: varias hermanas se ofrecieron para arreglar el salón de la iglesia.

Silvia lo mira admirada.

–¿Te olvidaste de algún detalle?

Fabián suelta una carcajada.

–Como sabía que mi novia iba a protestar, preferí ocuparme de todo…

Ella mueve la cabeza. "¡Es incorregible! Pero, ¡cuánto lo amo!".

El joven toma su barbilla y la deposita un beso delicado en sus labios.

–¿Estás de acuerdo o suspendemos todo? –pregunta aparentando inocencia.

Ella lo abraza por repuesta.

En los próximos días todo es agitación. Las mujeres van y vienen haciendo compras. Los sirvientes, aseando y desocupando el salón de recepciones. Los decoradores trayendo arcos, flores, moños, etc.

Omar le ha dado permiso a su sobrino de faltar la última semana. Sabe que, aunque fuera a trabajar, no podría concentrarse.

Silvia va y vuelve de la modista.

–¿Ya compraste la lencería de tu noche de bodas? –pregunta de repente Norma.

–¿Qué lencería? –pregunta a su vez la novia.

Su futura suegra ríe divertida.

–¡Vamos al centro! –le ordena tomándola del brazo.

Entran a una tienda.

–Queremos ver alguna lencería para noche de bodas –dice Norma a una empleada.

La dependiente, muy amable, las dirige hacia un sector de la tienda lleno de estantes y percheros.

–Cuando se decidan me llaman –les dice dejándolas solas.

Silvia está parada en un rincón, mirando a su futura suegra, que revuelve una estantería y otra. Saca un conjunto, lo mira y lo vuelve a guardar. Después de observar varias prendas, exclama sonriente:

–¡Este es ideal!

Silvia mira las diminutas prendas de encaje que le muestra y exclama a su vez:

–¡Pero eso no alcanza a tapar nada!

Norma ríe divertida la inocencia de la joven.

–¡Esa es la idea! Para que no te sientas tan mal te tapas con esto: le muestra un deshabillé de raso y encaje –Silvia mira y no reacciona. Norma llama a la empleada.

–¿Ya se decidieron? –pregunta ésta con una amplia sonrisa. Cuando la mujer le extiende las prendas exclama– ¡Muy buena elección! Ya se las envuelvo.

El miércoles de la semana siguiente Fabián busca a su novia.

–Vamos al aeropuerto. En seguida arriba el avión donde viene Cristina y su familia.

Silvia se deja conducir. Estas últimas semanas, mirando el constante movimiento a su alrededor, no ha tenido tiempo de pensar.

Se paran en la puerta de la sala de arribo. Fabián observa cada grupo de viajeros. De repente, exclama:

–¡Ahí vienen! –su hermana corre a su encuentro, lo abraza y el joven tomándola de la cintura la hace girar para risa de los presentes. Toma de la mano a su novia y hace las presentaciones– Mi hermana, mi cuñado y sus dos hijas.

–¡Qué grandes están! ¡Parecen señoritas! –exclama admirado.

–Somos señoritas, tío –remarca una de ellas riendo.

Hacen el recorrido a la mansión entre risas y bromas.

–¿Dónde nos llevas? –pregunta Cristina observando que se alejan del barrio donde vive su madre.

–Tía Noemí les ha preparado alojamiento –aclara Fabián sin descuidar el volante.

–¿Vamos a la mansión? –exclama Sonia, una de las hijas de Cristina– Cuando veníamos del pueblo e íbamos a visitar a los tíos yo no me animaba a tocar nada por miedo a romperlo –el grupo rompe en risa.

Cristina comenta:

–Si llegabas a romper algo de esa casa hubiéramos tenido que trabajar toda la vida para pagarlo…

–Conozco perfectamente a nuestros tíos y son incapaces de reclamar nada –comenta Fabián en tono de broma–. Además, sería como sacarle un pelo a un gato con la plata que tienen…

El coche va recorriendo los pasajes pavimentados de la mansión y se escuchan exclamaciones de asombro de la familia recién llegada.

–¡Está Santiago! –exclama Silvia y baja corriendo para abrazar a su hermano– ¿Cuándo llegaste?

–Hace un rato –explica el joven–. Aproveché unos días feriados en la universidad. ¡No me quería perder el casamiento de mi hermana mayor!

La novia lo cubre de besos hasta que escucha un carraspeo

de Fabián. En la euforia de volver a ver a su hermano después de tanto tiempo, se ha olvidado de los demás.

–Perdón. Les presento a mi hermano Santiago…

La familia baja su equipaje y se instalan en sus habitaciones. Noemí y Norma en la cocina, no han advertido la llegada de las visitas.

Cristina, después de acomodar sus cosas, baja a saludar a su madre. Fabián le ha dicho dónde se encuentra. Se asoma al comedor y con voz fuerte pregunta:

–¿Hay alguien en esta casa?

Sale Norma corriendo.

–¡Hija querida! ¡Qué alegría volver a verte!

Para entonces ya han llegado los demás integrantes de la familia y se confunden entre besos y abrazos acompañados de exclamaciones y algunas lágrimas.

Pasado el momento de las emociones. Cada uno se integra a alguna actividad.

El sábado por la mañana la pareja sella, en el registro civil, su pacto de matrimonio. A continuación hay un brindis familiar en la mansión.

A la noche, la iglesia está abarrotada de gente. Nadie se quiere perder la ceremonia.

Fabián, con su impecable traje, entra con Norma y se coloca al lado de la plataforma esperando la llegada de su novia.

Se escucha la marcha nupcial y aparece Silvia del brazo de Santiago. La iglesia está adornada para la ocasión, pero ella no advierte nada. Camina despacio por la alfombra roja. Su mirada se dirige únicamente a su novio, que la espera ansioso.

–¡Estás hermosa, mi amor! –le dice Fabián, con voz apenas perceptible, después de despedirse de su madre con un beso.

En la plataforma, Omar, como pastor de la iglesia, preside la ceremonia. Su mensaje va dirigido a los novios y a los presentes. Se lo escucha emocionado. Cuando llega el momento de intercambiar los anillos aparece Marquitos llevando en sus manos un almohadón rojo de encaje con una cajita pequeña en el centro. Silvia lo mira emocionada. En ese momento parece un muñequito de torta. El pequeño llega hasta la pareja y parado bien erguido, como soldado de guardia, espera que cada integrante de la pareja recoja el anillo correspondiente y lo coloque en el dedo de su esposo y esposa. Luego el niño se retira a un costado y Noemí lo alza emocionada.

–Te portaste muy bien, mi amor –le dice dándole un beso.

Ya en la mansión entre charlas, brindis y algarabía, los novios disfrutan de los saludos, regalos y atenciones que les dispensan.

En un momento de la fiesta, Omar toma del brazo a Fabián y lo lleva hacia un costado.

–Quiero darte mi regalo de bodas –le dice alcanzándole un juego de llaves.

El joven las recibe y pregunta:

–¿Qué significa esto?

–Te prometí reservar el hotel para tu noche de boda –explica Omar brevemente–, pero creo que en la casa de Silvia tendrás más intimidad.

–¿La casa de Silvia? ¿La compraste? –Fabián no puede esconder su asombro– ¿Todavía estaba en venta?

–Tenía problema de papeles: una hipoteca y algunas cosas más –explica sin darle importancia–. La hice arreglar y amoblar, así que ya tienes tu hogar. Te anotaré la dirección en la libreta…

–No hace falta Omar. Sé dónde queda. Yo los ayudé a mudarse –el muchacho abraza emocionado a su tío–. ¿Cuándo voy a terminar de compensar tu ayuda, tío?

–Con que no te vayas a otra empresa me basta. Eres como el hijo que nunca tuve… tenía la ilusión que Federico me heredara, pero… –se detiene.

Fabián le da palmadas en la espalda.

–¡Gracias! ¡Gracias! –no articula otra palabra– ¡Será una hermosa sorpresa para mi novia!

–Esa era la idea… –ríe Omar tomando el hombro de su sobrino para volver a la fiesta.

Llegan en el momento que Silvia, subida en una tarima elaborada para esa ocasión, se prepara para arrojar el ramo de novia. De espalda a las muchachas que esperan ansiosas el momento tira las flores, atadas con una cinta de raso. Se produce un revuelo de gritos, exclamaciones y risas. Aparece Sonia, la sobrina del novio, con el ramo en su mano. Los demás aplauden.

Silvia se llega hasta ella y le dice al oído.

–Eres la candidata ideal para la próxima boda –la muchacha sonríe y la besa.

Fabián llega hasta su novia, la abraza y le dice al oído:

–Busca tus cosas que nos vamos.

Ella lo mira interrogándolo.

–Los novios son los primeros en irse –le explica Fabián divertido ante la expresión de Silvia–. Ya partimos la torta, brindamos con todos los invitados y tiraste el ramo. ¡No falta nada!

Silvia obedece. Sosteniendo el borde del vestido de novia con las manos, se dispone a subir las escaleras. Norma la detiene.

–Ya pusimos todas tus cosas en el baúl del auto.

La joven se detiene indecisa. Fabián viene hasta ella y la carga en sus brazos ante aplausos de todos los presentes.

Mientras viajan en el vehículo, Silvia se acurruca en el brazo libre de su novio que la besa de costado para no descuidar el volante.

Cuando van llegando a destino la joven mira extrañada por una ventanilla.

–¡Este es el barrio donde vivíamos con mis hermanos! –mira a Fabián y pregunta– ¿Qué hotel hicieron por acá? Cuando yo vivía no había ninguno.

El joven ríe, pero no contesta. Un momento después detiene el vehículo frente a la casa. Rodea el auto y se apresura a abrirle la portezuela. Ella baja y queda parada sin palabras.

–Es nuestra vivienda. El regalo de bodas de Omar –explica el novio.

–¿Cómo la pudo comprar?

Fabián ríe divertido.

—Con dinero se vencen todos los obstáculos —abre la pequeña verja y, con las llaves que le dio su tío, hace lo propio con la puerta de la casa.

Silvia camina despacio, mirando todo alrededor. Fabián la levanta en sus brazos.

—La novia no puede pisar el umbral en su primera noche, trae mala suerte —comenta meloso.

Capítulo 14:
El regalo más grande

Después de su luna de miel, los novios se dedican, entre besos y mimos, a acomodar las cosas en su nueva vivienda. Omar no ha olvidado ningún detalle.

El resto del año siguen sus actividades normales.

Un día, al finalizar su trabajo de la tarde, Fabián dirige su automóvil en una dirección distinta a la habitual.

–¿Dónde vamos? –pregunta Silvia intrigada.

El joven sonríe sin contestar.

Un momento después detiene el vehículo frente a un edificio de dos pisos. Al salir, la esposa queda parada, leyendo el cartel en la entrada: "Orfanato".

–Te traigo para que elijas nuestro primer hijo –le dice rodeándola con sus brazos–. Ya hablé con el director. Solamente tienes que decidir cuál prefieres para ponerlo a mi nombre.

Silvia solloza. Él la conduce al interior y una celadora

los dirige a una habitación con varias cunitas. Los jóvenes recorren el lugar mirando cada una de las caritas. Algunos miran con grandes ojitos. La mayoría duerme con un chupete en la boca.

Cuando han recorrido la sala, la muchacha que los guía, les dice amablemente:

—Aquí están los bebés. Si quieren los llevo donde están los más grandes.

Fabián niega mirando a su esposa.

—Ella prefiere un bebé.

Silvia recorre la sala con su mirada y suelta el llanto.

—¡No puedo elegir! ¡Quisiera llevármelos a todos!

El joven hace señas a la celadora para que se retire. Abraza a su esposa y deja que descargue su emoción. Cuando se calma le pregunta:

—¿Prefieres que vengamos otro día?

Ella niega y se dirige a una cunita. Alza el bebé y lo acuna en sus brazos.

Fabián llega a su lado y comprueba que el elegido es negrito. Evidentemente de África o Brasil. Disimula su asombro. Se coloca al lado de la criatura. Saca el celular y aprieta el disparador.

—¡Igualito a su papá! —exclama divertido.

Silvia, con su mano libre, lo acaricia.

—¡Eres tan especial! ¿No te importa que haya elegido este bebé?

—Lo único que me importa es verte feliz.

Pasan por el escritorio del director. Fabián firma un papel que, desde ese momento, lo hace responsable de la criatura.

El hombre se levanta para felicitarlos:

–Nadie, hasta ahora, quiso elegir este bebé. Pensábamos que quedaría aquí como otros.

–No pude resistir su mirada –explica Silvia conmovida–. Era como si me pidiera que lo llevara.

–Mañana venga para terminar los trámites –le dice el director a Fabián.

El joven asiente y se retiran.

En la casa los esperan Norma, Omar y Noemí con Marquitos. El reciente esposo les ha avisado el trámite que fueron a hacer y están ansiosos por ver al nuevo integrante de la familia.

Cuando Silvia muestra al bebé, las miradas se entrecruzan. Fabián les hace señas para que disimulen.

Marquitos, en su inocencia, no entiende la indirecta y pregunta:

–¿Por qué se quemó tanto?

La joven esposa se agacha para estar a la altura de su sobrino.

–No se ha quemado, mi amor. Tiene así la piel porque desea que lo quieran más.

–¡Entonces lo voy a querer muchísimo! –exclama despertando risas en los mayores– ¿Tengo que llamarlo primo o tiene otro nombre?

–Juntos vamos a elegir –le dice Silvia tomándolo de la

mano para entrar en la vivienda.

Fabián se adelanta y abre la puerta de una de las habitaciones.

Silvia pregunta extrañada:

—¿Por qué quieres que lo dejemos en esa pieza? ¡Me dijiste que no la abriera porque era un depósito lleno de…! —se detiene en el umbral de la puerta. Recorre la mirada por todo el lugar: hay dibujos infantiles pintados en las paredes, juguetes, ositos de peluche, etc. Y en el centro de la habitación, una cuna con un oso gigantesco en la cabecera.

Silvia se vuelve y abraza llorando a su esposo.

—¡Qué hermosa sorpresa! ¿Cuándo hiciste todo esto?

—Cada vez que me pedía que te llevara a pasear, o de compras, o a ver a Marquitos —interviene Norma risueña.

Fabián la separa un poco.

—Lo que no sabía era de qué color pintar las paredes —explica entre risas—. ¿Rosa o celeste? Para no equivocarme, la empapelé con dibujos infantiles.

Los presentes sueltan una carcajada.

En ese momento, Marquitos viene hacia Silvia y tira de su blusa.

—¿Dónde tenías el bebé, tía? Porque no estabas panzona como la madre de Matías.

Todos quedan sorprendidos ante la pregunta del niño y se miran sin articular palabra esperando la respuesta de la joven. Esta vez no saben cómo podrá salir del apuro.

Ella, muy tranquila, contesta:

–Yo no tenía este bebé en mi panza sino en mi corazón.

–Aaah. Entonces salió de acá –le dice con seguridad señalando el pecho de Silvia. Sin otro comentario sale corriendo hacia el patio–. Voy a seguir jugando con Matías.

–¡Qué buena contestación! –exclama Norma entre risas.

Fabián besa a su esposa.

–¡Eres única, mi amor! A mí no se me hubiera ocurrido esa respuesta.

La joven madre, deposita al bebé ya dormido, en la cunita y todos vuelven al comedor, donde Omar está destapando una sidra para festejar.

Esa noche, después que las visitas se retiran. Fabián se sienta al costado de la cama matrimonial donde su esposa está dándole un biberón a su hijito.

–Mi amor –le dice cariñosamente–. ¿Qué nombre le vamos a poner? Mañana tengo que ir a anotarlo –la mira sonriente–. Tú querías ponerles nombres bíblicos a los niños que adoptáramos, pero no se me ocurre ninguno para él –señala al bebé–. Por su color podría llamarse Ebed-Melec, como el eunuco que sacó a Jeremías de la cisterna. O quizás como el funcionario de Candace a quién Felipe le predicó en el camino a Damasco –reflexiona un momento–. Pero la Biblia no dice cómo se llamaba, y no tenemos cómo averiguarlo.

Silvia ríe divertida.

–No tiene que ser necesariamente un personaje bíblico de su raza –acariciando el rostro de su esposo sugiere–. A mí siempre me gustó Bernabé. La Biblia dice que era un varón bueno, lleno del Espíritu Santo y fe. Además, era generoso porque vendió una propiedad para ayudar a los pobres de

Jerusalén y lo suficientemente humilde para viajar hasta Tarso a buscar a Pablo y traerlo a Antioquía, porque se dio cuenta que el apóstol era la persona ideal para predicar en ese lugar donde ya había mucha gente congregada en la iglesia.

–Ante tales argumentos –reconoce Fabián–. No tengo nada que agregar. ¡Se llamará Bernabé!

Pasado un año, en una tarde, cuando llega Omar para buscar, como es habitual a su esposa y nieto, se sorprende al ver que Silvia está alimentando otro bebé.

–¿Ya trajeron otro? –pregunta a Fabián que sale a recibirlo.

–Según Silvia, Bernabé ya no le da trabajo porque se maneja solo –riéndose agrega–. Creo que con toda la ayuda que tenemos dentro de poco pondremos una guardería.

Omar acompaña la risa.

–Me imagino que así será porque Noemí me pide todos los días que la traiga, según ella para que Marcos juegue con su primo, pero sé que es un pretexto para venir –meditando un poco agrega– yo estoy feliz viendo el notable cambio de mi esposa.

–También viene mamá. Agregado a la niñera que nos mandaste, Silvia no tiene tanto trabajo.

Siguen conversando un rato. De repente, Omar anuncia:

–Te pasé a otro sector, así que acrecentaré tu sueldo.

Fabián se ríe. "Siempre encuentra un pretexto para pagarme más". Piensa emocionado.

–¿Y cómo se llama el nuevo integrante?

–Santiago. Siempre nombre bíblico –dice seriamente el

joven y suelta una carcajada que su tío acompaña.

Cuando llegan al patio, observan a Marcos ayudando a caminar a Bernabé, que todavía hace pasitos cortos e inseguros.

—Tu nieto está ansioso para que su primo crezca y juegue al fútbol con él –comenta Fabián.

—Mientras tanto lo está entrenando.

Ambos ríen y penetran a la vivienda donde las mujeres están ocupadas en distintas tareas.

Después de un tiempo, traen a Jeremías y más tarde a Timoteo.

A esa altura la casa es una algarabía de gritos, risas y peleas, donde tienen que intervenir los mayores para calmar los ánimos. Como sucede con todos los niños al rato están jugando otra vez.

Omar, como todos los días, pasa a buscar a Fabián y su esposa.

—Ya pasó más de un año –le comenta risueño a su sobrino– pensé que encontraría otro niño en la guardería.

—Por el momento, le dije a Silvia que esperemos un poco, para traer otro bebé –dice Fabián seriamente–. Ya hice otro dormitorio y el garaje. ¡Menos mal que tengo terreno de sobra! –exclama y queda en silencio un momento– A pesar de la ayuda de tu esposa, mi madre y las niñeras, estoy preocupado por Silvia. Está demacrada, se duerme sentada –afligido agrega–. La quiero llevar al médico y me dice que se siente bien, pero yo no la veo así. Si no mejora tendré que obligarla.

—Esa muchacha es increíble, pero cuatro hijos ya son bastantes.

—Cuando le recuerdo que me dejó porque no podía darme una familia, siempre me abraza y sonríe. ¡Silvia es tan especial! –exclama Fabián en un suspiro.

En ese momento, escuchan un grito dentro de la casa. Entran corriendo y Noemí sale a su encuentro.

—¡Silvia se ha desmayado! –exclama tomando a su sobrino del brazo– Tienes que llamar un médico.

—Yo aviso a la clínica –dice Omar asustado–. Anda a ver si la puedes reanimar.

Fabián con el corazón golpeando su pecho llega donde está su esposa. Todavía se encuentra en el suelo. Ha recobrado el conocimiento.

Norma le sostiene la espalda.

—No te muevas hasta que te pase el mareo –le indica secándole la cara.

Fabián la levanta en brazos y la lleva hasta el dormitorio. Al acostarla le reprocha:

—No quisiste ir al médico, cabezona. Omar fue a llamar al médico.

Un momento después llega una ambulancia donde cargan a Silvia en una camilla. Fabián sube para acompañarla.

Llegan a la clínica y los camilleros llevan a la muchacha hasta el consultorio del médico de guardia.

—Ustedes esperen aquí –ordena el facultativo–. Yo les avisaré cuando puedan entrar. Primero tengo que revisar a la paciente.

Omar y su sobrino se sientan. Cada uno con sus propios pensamientos y temores. Al rato, aparece el médico y pregunta a Fabián:

–¿Usted es el esposo de la paciente?

El joven se levanta asustado.

–¿Qué tiene mi esposa, doctor?

Sin contestarle le hace señas que lo siga. Cuando Fabián advierte que van hacia otra sala, su corazón se acelera. "¡Por favor, Señor, que no sea nada grave!". Ora en silencio.

Al entrar al consultorio donde lo ha guiado el médico encuentra a Silvia sentada frente a un escritorio. Corre a abrazarla.

–¿Estás bien, mi amor? –le pregunta asustado.

–Sí –contesta la joven–. Fue una baja de tensión nada más.

–Siéntese por favor –indica el médico y se sienta frente a ellos del otro lado del escritorio. Mira a ambos sonriente.

–¡Van a tener un hijo! –les anuncia. Mirando a Fabián agrega– Su esposa está embarazada.

Silvia queda petrificada.

–¡No puede ser!

El joven exclama indignado.

–¡No juegue con nosotros, doctor!

–No es ningún juego –contesta elevando su voz. Se dirige a Silvia y le pregunta–. ¿Hace cuántos meses que tiene falta?

Ella lo mira con los ojos llenos de lágrimas.

–Yo no tengo la "costumbre de las mujeres" (utiliza el

término bíblico) desde los veintiún años, me operaron de urgencia y me sacaron los ovarios…

El médico la mira, creyendo que ha oído mal. Después se levanta y les ordena.

–Síganme. Vamos a hacerle una ecografía –al salir agrega–. Estoy seguro de no equivocarme.

Los esposos, abrazados y llorando, lo siguen.

Silvia se acuesta en la camilla tomando con fuerza la mano de Fabián.

El médico enciende la máquina. Hace la tarea preliminar y al momento, escuchan unos fuertes latidos y una pequeña mancha que se mueve en la pantalla.

–¡Ahí tienen a su bebé! –exclama el doctor– ¡Estaba seguro de no equivocarme!

Fabián abraza a su esposa y la besa varias veces. El rostro de ambos está totalmente mojado por las lágrimas.

Tratando de calmarse el joven pregunta:

–¿Cómo puede ser? A Silvia le extirparon los ovarios.

El médico se encoge de hombros.

–No lo sé. Tendremos que investigarlo –mirando a los esposos agrega–. Pero la ecografía no miente –dirigiéndose a Fabián agrega–. Tráigala mañana. Le haremos un control –diciendo esto se retira.

La pareja permanece un rato abrazada y llorando.

–¡El Señor escuchó el deseo de mi corazón! –murmura Silvia conmovida.

El joven retira el cabello de su esposa con ambas manos,

la besa y murmura conmovido:

–¡Es un milagro! ¡Gracias, Señor!

En la casa, se han reunido todos en el vestíbulo, ansiosos de noticias. Los niños miran la expresión en el rostro de los mayores y, aunque no entienden lo que pasa, permanecen quietos. Uno en los brazos de Norma, otro en los de Noemí y Marcos sostiene los mayores con ambas manos.

Cuando escuchan la llegada de un vehículo corren hacia la puerta. Omar, que ha ido a buscar a la pareja, desciende del auto y abre la portezuela a la pareja.

Los ojos de todos los presentes se posan en los rostros sonrientes que exclaman a dúo:

–¡Vamos a tener un bebé!

Ante ese anuncio se produce un descontrol total. Los más chiquitos saltan de alegría y los mayores abrazan y felicitan a la pareja haciéndoles toda clase de preguntas.

Epílogo

Cuando se encuentran a solas en su dormitorio. Fabián toca el vientre de su esposa.

—No sé cómo pudo ocurrir, pero soy inmensamente feliz.

—Yo también, mi amor. Cuando oraba al Señor, no me animé nunca a pedirle un hijo, pero, ¡Él sabía cuánto lo deseaba!

Sin ponerse de acuerdo, ambos se arrodillan y agradecen a Dios por ese milagro.

Al día siguiente, Fabián lleva a su esposa a la clínica como le indicó el médico.

Después de los saludos correspondientes, el facultativo explica:

—Este caso es muy extraño. Investigué para comprobar si había algún diagnóstico similar y encontré solamente dos casos de mujeres que concibieron después de varios años de su menopausia. Pero no habían sido estériles. En el caso suyo, señora, en la ecografía solamente se alcanza a ver una pequeña mancha, que podría ser un resto de ovario que no alcanzaron a extirpar en la operación que le hicieron –el médico suspira y prosigue–. Consulté con varios colegas y llegamos a la conclusión que puede haberse dado el caso que usted tuviera una ovulación, digamos "accidental", porque no se puede llamar de otra manera. Y un espermatozoide más rápido que los demás llegó a tiempo para fecundarlo.

La pareja se mira uno al otro y Fabián contesta:

–Usted perdone, doctor. Pero nosotros creemos en Dios y en la Biblia hay varios casos de mujeres estériles que concibieron. Inclusive hay una que ya tenía noventa años y humanamente imposible que llegara a embarazarse y, sin embargo, tuvo un hijo –enfatizando sus palabras, agrega–. Y le digo más, su esposo, en ese momento tenía cien años.

El médico los mira y mueve la cabeza.

–No sé cómo ocurrió, pero lo cierto es que su mujer está embarazada. Eso es seguro.

Silvia ha escuchado todo en silencio. Su esposo la atrae hacia él, besándole la frente. Ambos lloran en silencio un momento, mientras el médico los observa, conmovido.

–¿Habían pensado la posibilidad de adoptar un niño? –pregunta.

La pareja suelta una carcajada.

–¡Ya tenemos cuatro, doctor! –exclama Fabián.

–Entonces éste no es el primero…

–Es el primero concebido en el vientre –aclara Silvia–. Los otros son del corazón.

–De todas maneras, le damos las gracias por toda su molestia –dice el esposo, saludando y levantándose para irse. Ya en la puerta, se vuelve–. Una sola pregunta, doctor, ¿qué cuidados especiales debe tener mi esposa?

El médico se ríe.

–¡Su esposa está embarazada, no enferma! Tiene que hacer vida normal con los cuidados propios de una mujer embarazada.

Silvia interviene:

–¡Menos mal que se lo dijo, doctor! –ríe divertida– Porque, conociendo a mi esposo, le aseguro que no me hubiera dejado mover de la cama.

–Al contrario camine lo más que pueda –le aconseja el facultativo–. Sin hacer esfuerzos innecesarios.

La pareja levanta el brazo saludándolo y se retiran abrazados.

Cuando anuncian la seguridad del embarazo las mujeres empiezan a proyectar sus tareas. Al poco tiempo, una cose, otra teje. Fabián se dedica a decorar el "dormitorio del bebé". Silvia compra tela para hacer cortinas nuevas.

Después de cinco meses, en el control correspondiente, el médico ordena otra ecografía. Allí se enteran que es una nena. Desde ese momento, aparecen puntillas, volados, etc.

Silvia, cuando tiene las cortinas listas, va dispuesta a colocarlas. Llegando hasta el lugar queda parada en la puerta.

–¿Dónde piensan que voy a acostar mi nena? –pregunta entre risas. Hay muñecas, juguetes, almohadones, etc., distribuidos en todo el dormitorio.

Fabián llega y le toma la cintura.

—Cada cual colaboró con su labor, mi amor —explica entre risas.

Después de recorrer el lugar, despejando un poco la cuna, Fabián abraza a su esposa desde su espalda porque su vientre ya es protuberante.

—¿Ya decidiste qué nombre bíblico le pondremos? —pregunta interesado.

—¡Priscila! —exclama Silvia muy segura.

—Entonces tendremos que conseguir un Aquila —ríe el joven.

—No —dice seriamente su esposa—. ¡Priscila necesitará una hermana para jugar!

—¡Menos mal que el orfanato tiene ambos sexos! —exclama Fabián entre risas.

Llega el momento esperado. Silvia comienza con contracciones e inmediatamente Omar conduce la pareja a la clínica.

—¿Avisaste al médico para que tengan el quirófano listo?

—¿Por qué quirófano? —pegunta extrañado el esposo— La voy a llevar a la sala de partos.

—¿No le harán cesárea?

—No, tío. Silvia quiso tener parto natural. Solamente si surge un problema tendrán que llevarla al quirófano —aclara Fabián nervioso—. Pero si Dios permitió que hubiera un embarazo, estoy seguro que también protegerá a mi esposa en el parto.

Cuando ya Silvia se encuentra en una habitación de la clínica, con su beba en brazos, comienzan a llegar los demás. Como son demasiados, el médico permite solamente la entrada de tres a la vez. Los demás esperan ansiosos en la puerta.

Al día siguiente le dan el alta y al llegar a su hogar, la flamante madre queda parada mirando los carteles y demás adornos colocados en la entrada. Los niños también han colaborado con dibujos o garabatos, según la edad de los "pintores".

Desde ese momento, aunque Silvia aclaró que no quiere que haya discriminación, tratan a Priscila como una muñeca de porcelana.

Al pasar el tiempo, se agregan a la familia: Eunice, Rut y Abigail.

Fabián disfruta especialmente el momento en que Silvia los reúne en el comedor todas las noches para contar la historia bíblica de cada personaje bíblico que corresponde a sus nombres. También les cuenta otras historias, salpicadas, con ademanes y voces diferentes que mantienen quietos y atentos a los niños. Todos, con sus pijamas puestos, están sentados en el piso, en sus respectivos almohadones y esperando ansiosos que les toque el turno de escuchar su historia. Las personas mayores se sientan en sillas o sillones a su alrededor. Por un tiempo, Fabián termina el momento con una oración y cada uno se dirige a su dormitorio. Tiempo más tarde Silvia decide que la oración final la diga alguno de sus hijos mayores.

Omar, sentado en un sillón al lado de la pareja, mira admirado el número de niños reunidos y exclama:

–¡Me parece que convendría trasladar el orfanato a esta

casa!

—¡Ni se te ocurra decir eso! —lo reprende Silvia— ¡Yo no podría dar ninguno en adopción!

Todos, hasta los niños, sueltan una sonora carcajada.

A esta altura, Fabián ha edificado otro dormitorio para las nenas y sus respectivas niñeras. En el amplio espacio descubierto que sirve de patio, hay hamacas, jirafas, autitos, etc. Omar se encarga de darle el gusto a cada niño que le pide algo especial.

Después de besar a cada uno, en su respectivo dormitorio, los esposos se retiran. Silvia lleva en sus brazos a Abigail, su última niña adoptada, que duerme en una cunita al lado de la cama matrimonial.

Sentados frente a la beba intercambian una mirada llena de amor. La joven se acurruca en los brazos de su esposo.

—Estaba pensando que, si no hubiera sido por Federico, quizás nunca nos hubiéramos conocido.

—Tal vez —contesta Fabián besándole el cabello y rodeándola con sus brazos—. De ser así, es lo único que tendría que agradecerle a mi primo.

—Federico es un fiel ejemplo que lo que Dios dice en su Palabra se cumple tarde o temprano: "Todo lo que el hombre sembrare, eso también segará".

—Y en ti también se ha cumplido su Palabra, porque fuiste capaz de perdonar a alguien que te hizo tanto daño. El Señor te ha premiado, compensando tu perdón.

—Dios me perdonó a mí cosas peores —reconoce la joven—. No tengo derecho a guardar rencor a nadie… —se detiene un momento y exclama conmovida–. ¡Su amor es tan grande que me ha regalado una hermosa familia! ¡Soy inmensamente feliz! –Silvia se abandona en los fuertes brazos que la rodean.

–Tienes razón, mi amor –Fabián toma la barbilla de su esposa y la besa intensamente.

Ambos disfrutan del amor que desborda en sus corazones. Realmente el Señor transformó su perdón en un hermoso amor que los acompañará el resto de sus vidas.

www.ingramcontent.com/pod-product-compliance
Lightning Source LLC
Chambersburg PA
CBHW052029150726
48002CB00002B/529